休養院的奇妙故事開始了，

現在是「拆信貓時間」！

拆信貓
奇妙事件簿 ③
厭倦理髮的理髮師兄弟

徐玲 著

新雅文化事業有限公司
www.sunya.com.hk

拆信貓

脾氣好，本事大，當她把粉紅的鼻頭貼近信紙嗅一下，嘴巴裏打出一連串呼嚕，腦袋一歪，用嘴邊最鋒利的一根鬍鬚劃開信封，信就有了梔子花的香甜味兒和不一樣的神奇與美好，讓收信人感受到寫信人內心的善良與愛，讀到其心底最溫暖的想法……

卡卡和察察

出色的理髮師兄弟，帶着神秘的大箱子出門，心裏有一個了不起的秘密。

快來認識故事裏的角色吧！

旅行兔

喜愛旅行的白兔，愛吃拆信貓做的梔子花餅乾，愛嘮叨、愛幻想、愛冒險。

田大廚

靈活的胖子，曾經是大廚，現在是保安員，喜歡吃餅乾，忠誠地守護着休養院。

龍醫生

休養院的帥氣醫生，能把白色的長袍子穿出時裝的感覺，很有愛。

長頸鹿先生

老實可靠的郵差，不知疲倦地奔波在送信的路上。

郝姐姐

温柔的護士姐姐，有長長的鬈髮，說話聲音很好聽。

目錄

引子

　　山的北面橫着一條河，河邊是一大片草地，草地上鼓起一幢幢好看的別墅，最前面的那幢像一朵蘑菇，門口插着一塊白色的牌子，上面寫着：山北休養院。

　　每個星期天的中午，長頸鹿先生會把信送到休養院。休養院裏的客人有的心情不好，有的脾氣不好，有的已經很老了，有的病得不輕。那些信，有的令人高興，有的卻充滿悲傷。對大家來說，每次拆信都是愉快而又緊張的。幸運的是，來了一隻拆信貓……拆信貓拆開的信，每一封都帶着山南邊梔子花的香甜味兒，帶着意想不到的神奇和美好。

第一章

紅頭髮和綠頭髮

秋霜寒，秋陽暖，不知不覺，楓葉紅了。遠遠望去，山坡上的紅楓林多麼像一條漂亮的腰帶，有了這條腰帶，大山顯得和以前不一樣了。

「大山像個媽媽。」旅行兔說。

「大山媽媽的紅腰帶好美好美。」拆信貓說。

他們面對着大山，並排坐在草地上，把頭抬得高高的。

一塊大石頭擺在他們中間，大石頭上放着一個雪白的盤子，盤子裏還剩一塊餅乾，是拆信貓烤的梔子花餅乾。

　　「大山媽媽瞪着眼睛看我們呢。」旅行兔對着大山瞪了瞪眼睛。

　　「大山媽媽正在擁抱我們呢。」拆信貓對着大山張開懷抱。

　　「哈哈哈……」旅行兔笑出了聲。

　　拆信貓閉上眼睛，雙臂展得筆直，和大山媽媽緊緊擁抱。

　　「最後一塊餅乾，是你吃還是我吃呢？」旅行兔扭頭看了一眼盤子裏的餅乾。

　　「別說話。我在用心感受大山媽媽的擁抱。」

　　「哦，那你沒空吃了，還是我吃吧。」

　　「待會兒吃。」拆信貓說，「張開懷抱，我們一起擁抱大山媽媽。」

　　旅行兔又看了一眼盤子裏的餅乾，挺了挺身子，不慌不忙地閉上眼睛，張開懷抱。

　　秋風輕輕吹來，帶着大山媽媽的氣息。拆信貓輕輕抽了抽鼻子，旅行兔也跟着抽了抽鼻子。

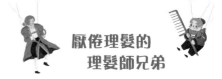

「不是說好出來秋遊嗎？怎麼就走了這麼一小段路呢！我們就這樣一直坐着嗎？」旅行兔扭扭屁股，咕噥道。

「一小段路也是秋遊啊。」拆信貓說，「好了，別說話。」

碧藍的天空下，潔白的雲朵慢慢飄動，太陽悄悄滑向西邊。

拆信貓、旅行兔和大山媽媽擁抱着，擁抱着，時間彷彿停止了。

山路上出現了兩個身影，一個高一點，一個矮一點。高一點的染着紅頭髮，矮一點的染着綠頭髮，他們手上都提着一個箱子，正沿着山路吃力地往這邊走。

過了好一會兒，他們終於走完山路，走上了小橋。

他們把箱子擱在橋面上，撐着膝蓋在喘氣，然後靠着欄杆邊，

拿起水壺喝水。

「光喝水可真受不了，要是有個麵包就好了，哪怕是一塊小小的餅乾也行。」

「再堅持一下吧，我們就快到目的地了。」

兩個人繼續趕路。

「我餓了，可以吃餅乾嗎？」旅行兔睜開眼睛，看了看盤子裏的餅乾，又瞥了瞥拆信貓。

拆信貓沒有說話，她陶醉在大山媽媽的懷抱裏，忘記了周圍的一切。

「哇，你的臉好像又變大了！從側面看，鼓出來不少呢，簡直就是一個球！」

拆信貓還是沒有說話。

旅行兔揉揉發麻的雙腿，扭扭屁股，站起來。

這時候，兩個身影從橋上走下來。

旅行兔一眼看見了他們。紅頭髮穿着綠衣服，綠頭髮穿着紅衣服，下擺胡亂地塞在褲子裏，顯出細細的腰。褲子是破破爛爛的藍色牛仔褲，腳上是一模一樣的土灰色運動鞋。他們手上

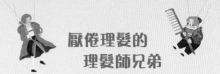

的箱子很大、很重，是深棕色的皮箱，邊角都磨破了。

「天啊，是馬戲團來了嗎？」旅行兔兩眼放光。

拆信貓慢慢地睜開眼睛。

「箱子裏裝着什麼呢？各種各樣的道具？」

拆信貓站起來，舒展着四肢。

紅頭髮和綠頭髮已經來到他們跟前。

「一隻兔子和一隻貓。你們好啊！」紅頭髮板着面孔，一點都不像打招呼應該有的樣子。

「一塊餅乾！」綠頭髮叫起來，「盤子裏有一塊餅乾！」

綠頭髮摸了摸自己的肚子。

紅頭髮忍不住舔了舔嘴唇。

「你們是誰？要到哪兒去？」拆信貓和旅行兔同時問道。

紅頭髮和綠頭髮對望一眼，表情怪怪的。

「你們是馬戲團嗎？箱子裏載着演出用的道具嗎？」旅行兔激動得搖頭晃耳，「是來山北休

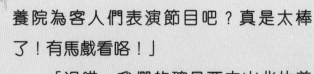

養院為客人們表演節目吧？真是太棒了！有馬戲看咯！」

「沒錯，我們的確是要去山北休養院，不過我們不是馬戲團……」紅頭髮皺了皺眉頭。

「我們已經趕了一天的路，餓壞了……」綠頭髮盯着大石頭上雪白盤子裏的餅乾。

拆信貓把盤子端起來，友好地說：「吃吧。可惜只剩一塊了。」

　　綠頭髮連忙拿起餅乾，一口咬掉一半，把另一半遞給紅頭髮。

　　「山北休養院是不是快到了？」他們問。

　　「是的。」拆信貓轉身把休養院指給他們看，「那幢漂亮的別墅就是。看，最前面的那幢別墅長得像朵蘑菇呢！」

　　「看起來真不錯。」

　　「總算到了。」

　　紅頭髮和綠頭髮提起大箱子，向着休養院走去。

　　「他們看起來神神秘秘的。」旅行兔聳聳肩膀，「究竟是幹什麼的呢？」

　　「也許是來休養院探望親戚的吧。」

　　「可能是推銷員。」

　　「或許是送貨的。」

　　「但願不會是小偷。」

第二章
奇怪的大箱子

　　紅頭髮和綠頭髮住進休養院，成為休養院的客人。他們是一對兄弟，哥哥叫卡卡，弟弟叫察察。

　　卡察兄弟出門居然沒有帶上換洗的衣服，田大廚知道後，把自己瘦削時穿的衣服統統找出來，給他們送去。

　　在卡察兄弟的房間裏，田大廚被牆角的兩個大箱子吸引住了。

　　「你們真的沒帶衣服嗎？」

　　「真的沒帶。」

　　田大廚盯着兩個大箱子，不停地咂嘴。

「箱子裏不是應該放衣服的嗎？出門帶箱子，箱子裏放着換洗衣服……難道不是嗎？」

「我們的箱子裏沒有衣服。」卡卡逐個字說道。

「我們走得太匆忙了，而且知道這一路得翻山越嶺，所以只挑了最重要的東西帶上，能不帶的都沒帶……」察察解釋道。

「你的話太多了。」卡卡打斷察察的話。

田大廚呆了一呆，說話都結巴了：「箱……箱子裏面的東西都……都比衣服重要嗎？你們為了它連衣服都不要？我的天啊，誰能告訴我你們是從哪個星球跑來的怪物？」

「你怎麼知道我們是怪物？」察察伸長脖子，「在我們居住的小鎮，大家都叫我們怪物……」

「你的話真是太多了。」卡卡又打斷察察的話，並且朝他瞪了瞪眼睛。

卡卡的眼睛很小。

田大廚歎了口氣，蹲下來，看看這個箱子，

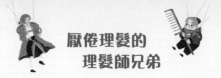

瞧瞧那個箱子，覺得它們太奇怪了。

「箱子裏裝的是什麼？」

兄弟倆對望一眼，都不說話。

「好神秘啊！不會是什麼危險品吧？」田大廚站起身，摸摸腦袋，叉着腰，抬高嗓門說。

「這個你放心，不會。」卡卡說。

「對。不但不危險，而且很有用……」察察忽然眨着眼睛很認真地說。

察察的眼睛很大。

「你的話實在是太多了！」卡卡用手肘撞了一下察察。

察察連忙伸出手掌捂住自己的嘴巴。

田大廚不僅覺得卡察兄弟帶來的兩個大箱子很奇怪，就連這兩個人也奇怪得不得了。他跑到龍醫生、郝護士那兒打聽消息，他們告訴他，卡察兄弟都是理髮師，而且還在山南邊的理髮大賽中得過獎呢！

理髮師？得過獎？

得過獎的理髮師就可以出門不帶衣服嗎？那兩個深棕色的大皮箱裏究竟裝着什麼？

田大廚越想越不放心。

傍晚，拆信貓坐在客廳的地板上裝飾着一個紙盒，旅行兔躺在沙發椅上吃餅乾，窗戶開着，柔柔的風撩起柔軟的窗簾，把秋天原野的氣息吹進木屋，安靜又美好。

「你總愛睡在紙盒裏，有沒有想過睡袋比紙盒更舒服呢？」旅行兔換了個姿勢，面對着拆信貓。

「睡袋是給你準備的。」拆信貓頭也不抬。

她正在把紫紅色的絲帶繞在紙盒上，還想在紙盒側面打一個大大的蝴蝶結。

這個紙盒是護士郝姐姐特地留給她的，它是個果盒，甜津津的。

紫紅色的絲帶是休養院的一位客人送給她的，它原先是用來捆住一束鮮花的，香噴噴的。

「要不，你睡在睡袋試試？」旅行兔坐起

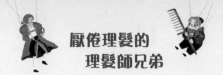

來。

「我不。」拆信貓抬頭看一眼旅行兔，「你睡紙盒試試？」

「那會悶壞我的。」旅行兔聳聳肩膀，拿起一塊餅乾，咬一口，含混不清地說，「我寧願趴在濕漉漉的草地上，窩在黏糊糊的樹洞裏，也不想把自己當一個東西塞進紙盒內。」

突然，木屋的門被敲響了。

拆信貓跑去把門打開。

「田大廚，你怎麼來了？不用看門嗎？」

「這會兒有人在幫我值班。」田大廚在餐桌邊坐下，「哇……好香啊！」

他一眼看見旅行兔捧着雪白的盤子，以及盤子裏放着的梔子花餅乾。

「你是來吃餅乾的嗎？」旅行兔盤腿坐好，抬起下巴問。

「我可沒你這麼貪吃。」田大廚撇撇嘴。

「唉，今天拆信貓烤多了餅乾，廚房裏還剩一盤。」旅行兔朝廚房努努嘴，「你拿去吃吧，

我實在吃不下了。」

田大廚兩眼放光，站起來往廚房走。

「哈哈哈……」旅行兔大笑。

田大廚感覺自己上當了，連忙收住腳步。

「說正事吧。」他回到餐桌前坐好，一本正經地說，「前天休養院來了一對奇怪的兄弟，提着兩個大箱子，卻說沒帶換洗衣服……還說箱子裏的東西很重要……嘿，真搞不懂，出門提箱子不帶衣服帶甚麼？」

「錢。」旅行兔抹抹嘴巴，大聲說，「箱子裏肯定是錢！」

「那麼多錢！兩個箱子的錢？不可能。」田大廚搖搖頭。

拆信貓終於裝飾好那個紙盒，對着紙盒心滿意足地「咕嚕咕嚕」叫了幾聲，然後把紙盒推到田大廚腳邊。

「好看嗎？」

「好看。」田大廚回應道，「你說卡察兄弟那兩個大箱子裏裝着甚麼？」

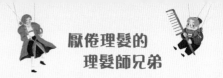
　　「理髮工具吧。」拆信貓說，「我早就打聽到，他們一個叫卡卡，一個叫察察，是理髮師。對理髮師來說，最重要的東西當然是理髮工具咯。」

　　「我怎麼覺得沒那麼簡單！」田大廚歎了口氣，「要是他們願意把箱子打開，讓我們看看就好了。」

　　「那是人家的事情，管那麼多幹嗎？」旅行兔站起來，揉揉圓滾滾的肚皮，「噢，快去廚房拿餅乾，不要讓餅乾等你太久哦。」

　　田大廚鑽進廚房，嘿，真的有一盤餅乾等着他呢！

第三章 卡察兄弟有秘密

午後，下了一場雨，空氣濕漉漉的，草地喝飽了雨水，小草們舒展着身子，好愜意啊！

爐子裏的餅乾已經烤好了，木屋裏瀰漫着梔子花的香甜味兒。拆信貓決定去一趟休養院，拜訪新來的卡察兄弟。

「我跟你一起去。」旅行兔翹着屁股抬起頭。

他跪在地板上，握着筆「唰唰唰」寫着什麼。

雪白的紙上堆砌着奇怪的線條和符號，沒有一個字。除了他自己，大概沒有誰能看懂。拆信

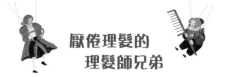

貓想，這也許是他的旅行計劃吧。

「你繼續做你的事，我一會兒就回來。」

拆信貓找來兩個透明的粉紅色塑膠袋，套在腳上。

「你是怕草地弄髒了你的鞋子嗎？」旅行兔盯着拆信貓套了袋子的腳。

「我是怕鞋子把草地弄髒。」拆信貓回答。

旅行兔搖搖頭，繼續做他的事。

拆信貓把門打開，端着盤子走出木屋。

外面的空氣清新極了。拆信貓做了幾下深呼吸，走出去幾步，想了想，又折返，探頭向屋裏說：「等我回來，你不會不見了吧？像上次、上上次、上上上次一樣，留下一張字條就不見了！」

旅行兔咧着嘴笑。

「會不會啊？」拆信貓瞪大眼睛。

「應該不會吧。」旅行兔昂起腦袋，「你還沒好好聽聽我的旅行計劃呢！來來來，快把盤子放下，我們好好談談我的旅行計劃……」

　　拆信貓聳聳肩膀，轉身走進草地。

　　她沒空聽旅行兔囉嗦。

　　1 號別墅門前的台階上，穿着田大廚的舊衣服和舊褲子的卡察兄弟正並肩坐着，聊着天。

　　拆信貓托着盤子來到他們面前。

　　「嘿，我們見過！」綠頭髮察察有些興奮，「休養院好多客人都向我們提起過你，說你是一隻神奇的貓。是吧，卡卡？」他用膝蓋碰了一下卡卡的大腿。

　　「沒錯。」紅頭髮卡卡回答。

　　「謝謝。我叫拆信貓。」拆信貓報以禮貌的微笑。

　　「哇，這就是你烤的餅乾嗎？太棒了！」綠頭髮亮晶晶的大眼睛一眨也不眨地注視着拆信貓手上的雪白盤子，「哦，拆信貓，我們聽大家說，你烤的梔子花餅乾是世間無與倫比的美味。那天在山

24

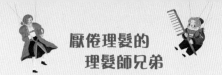

腳下，初次見面，你就給了我們一塊餅乾，可惜當時我們吃得太快，都沒嘗出味道來……」

「世間無與倫比的美味？可沒有這麼誇張。不過，希望你們會喜歡。」拆信貓很高興，把盤子遞過去，「這盤餅乾是特地為你們烤的。」

兄弟倆對望一下，伸出手接過盤子，迫不及待地拿起餅乾，大口大口吃起來。

「好吃！」

「脆脆的，讓我想起田野裏的麥子。」

「甜甜的，讓我想起小河裏的菱角。」

「還帶着韌韌的嚼勁。」

「嗯……香味霸佔了我整個身體！」

「太美味啦！」

拆信貓抱着胳膊站在一旁，微笑地看着兄弟倆。紅頭髮卡卡長得高，小眼睛、塌鼻子；綠頭髮察察長得矮，大眼睛、高鼻子。拆信貓覺得他們實在不像親兄弟。

不消一會，卡察兄弟就把整整一盤餅乾吃光了。

察察把盤子舉起來，閉上眼睛，伸長舌頭舔着盤底的餅乾屑，嘴巴裏發出滿足的「嗯嗯」聲。

「喂，注意儀態！你這副樣子好難看！」卡卡把盤子搶過去，還給拆信貓。

拆信貓接過盤子，看着察察沾滿餅乾屑的嘴唇和鼻頭，笑出聲來。

卡卡和察察讓出中間的位置，請拆信貓坐下。

「那隻兔子呢？」卡卡問拆信貓，「那天我們兄弟倆從山南邊過來，看見你和一隻雪白的兔子在一起。」

「我記得那隻兔子，身材結實，眼神機靈，一看就是一隻與眾不同的兔子。」察察說。

「是的，他很聰明，也很有趣。」拆信貓抬起大臉看看察察，又看看卡卡，「聽說你們倆

都是理髮師，而且在山南邊的理髮大賽中得過獎呢！怎麼跑到山北休養院來呢？」

兄弟倆沉默了。

「發生了什麼不愉快的事情嗎？」拆信貓關心道，「或者，身體不舒服嗎？」

「沒有。」卡卡搖搖頭。

「沒有⋯⋯沒有發生不愉快的事情，當然，我們的身體也沒有任何問題。」察察摸了摸額前的一撮斜瀏海，結結巴巴地說，「我們只是覺得⋯⋯到休養院休息，嗯⋯⋯休息一下，對我們會有好處。要知道，當理髮師的話，很忙碌很辛苦，而且要跟各種各樣的顧客打交道，所以有時候⋯⋯」

「你的話太多了。」卡卡打斷察察的話。

察察吐吐舌頭，閉上嘴巴。

拆信貓點點頭說：「我明白。你們太累了，需要休息、調整，然後重新出發。」

「對，需要休息、調整，然後重新出發。」

卡卡很認真地重複拆信貓的話，抬起頭去看南邊的山。

「可是，什麼時候我們才能重新出發呢？」察察把腦袋垂下來。

拆信貓歎了口氣。她知道卡察兄弟看起來這麼奇怪，心裏一定藏着秘密。

夕陽西下的時候，拆信貓抱着空盤子走向自己的木屋。

秋風迎面吹來，將她緊緊擁抱，她調皮地轉過身，好讓秋風從背後抱抱她。她在秋風裏轉着圈，讓秋風一會兒從前面抱抱，一會兒從側面抱抱，一會兒從後面抱抱……

她的雙腳被透明的粉紅色塑膠袋包裹着，走在草地上，摩擦出有趣的沙沙聲。

「我記得那隻兔子，身材結實，眼神機靈，一看就是一隻與眾不同的兔子。」拆信貓回想着察察的話，「呵呵呵、呵呵呵」地笑起來。

「我回來啦！」她把木屋的門推開。

屋子裏一片沉寂。

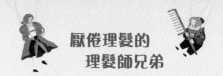
餐桌上留着字條：

我走了。本來想過幾天出發的，可是心裏癢癢，耳朵癢癢，尾巴癢癢，腳趾頭癢癢，渾身上下都癢癢，等不及啦！這一次我要去學習潛水，你沒看錯，是潛水！那樣我就可以到海底看魚看珊瑚了！你要在心裏為我加油哦！

　　拆信貓把字條握在手中，爬上窗台，默默地看着夕陽下的草地和大山。

　　環繞山坡生長的紅楓林被夕陽鍍得暖亮，有了這條精緻的腰帶，大山真的像個媽媽了。

　　拆信貓抬起大臉，張開懷抱，和大山媽媽擁抱。

　　她覺得大山媽媽好近好近，又好遠好遠。

第四章

卡察兄弟的第一封信

晚上，拆信貓爬進紙盒準備睡覺，發現紙盒底下鋪着一張紙。

雪白的紙上堆砌着奇怪的線條和符號，沒有一個字。

「這是你的旅行計劃嗎？故意留給我的嗎？你不知道我看不懂嗎？」拆信貓對着空氣做了個鬼臉，摸摸鬍子，把那張紙放到紙盒外面，任它飄落在地板上。

月亮從窗外探進腦袋，温柔地注視着地板上的那張紙，就像看護一個初生的嬰兒。

拆信貓躺在紙盒裏，輾轉難眠。

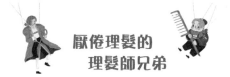
　　她在想卡察兄弟，在想旅行兔，在想海底的魚和珊瑚，想了好久，才慢慢睡去。

　　這一覺，她睡得很熟。

　　「砰砰砰……」

　　長頸鹿先生帶着郵包從山南邊趕來，敲響了木屋的窗。

　　拆信貓爬出紙盒，揉揉惺忪的眼睛，看見長頸鹿先生的腿在玻璃窗後面，還有好像是中午的陽光。

　　看看牆壁上的鐘，真的已經是中午了！

　　「天啊，我居然……居然睡了差不多十五個小時！」拆信貓感到自己罪大惡極，摸着腦袋跳起來，「怎麼可以這樣！啊啊啊！怎麼辦？餅乾還沒烤呢！」

　　「砰砰砰……」

　　長頸鹿先生繼續敲窗。

　　拆信貓胡亂地整理一下自己，跑去把門打開。

　　太陽已經爬到了山頂，長頸鹿先生趴在草地

上，一臉驚訝地看着拆信貓。

「我就知道你在廚房烤餅乾。」長頸鹿先生傻乎乎地笑，「每次我過來送信，你都特地為我烤餅乾，我都不好意思了。」

「呃⋯⋯這個⋯⋯那個⋯⋯」拆信貓恨不得找個地洞鑽進去，「不好意思，我今天晚了起牀，餅乾⋯⋯餅乾還沒來得及烤呢！要不，你等等我，等我把餅乾烤好，我們再一起去休養院，好嗎？」

「別烤啦。」長頸鹿先生拍拍身上的郵包，「還是去休養院送信要緊，今天的信特別多，你要忙不過來嘍！」

「噢，那我們趕緊走吧。」

拆信貓爬到了長頸鹿先生的背上。

「休養院是不是來了新客人？」長頸鹿先生慢慢站起來，馱着拆信貓往休養院走。

「來了一對理髮師兄弟。」拆信貓摟住長頸鹿先生的脖子，「有他們的信嗎？」

「大家稱呼他們卡察兄弟，對嗎？」

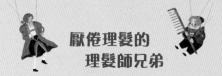
「沒錯。」

「有他們的信。」

拆信貓連忙打開郵包。哇，這次的信的確不少呢！可是，她把所有信封都看了一遍，並沒有看到卡察兄弟的信。

到了休養院，長頸鹿先生把其他客人的信都送完了，才從懷裏取出一個厚厚的粉紅色信封，讓拆信貓扶着。

這個好大好大的信封，簡直像一堵牆。

拆信貓從來沒見過這麼大的信封，嚇得一愣一愣的。

田大廚看見了，過來幫忙，和拆信貓一起把一堵牆一樣的信封搬到卡察兄弟的房間。卡察兄弟把這個好大好大的信封豎在牆壁前。

「信封上的字這麼剛勁有力，像是黑豆爺爺寫的！」察察叫起來。

「黑豆爺爺是誰？」田大廚很好奇。

「很兇很兇，而且很喜歡囉嗦。」察察神情緊張。

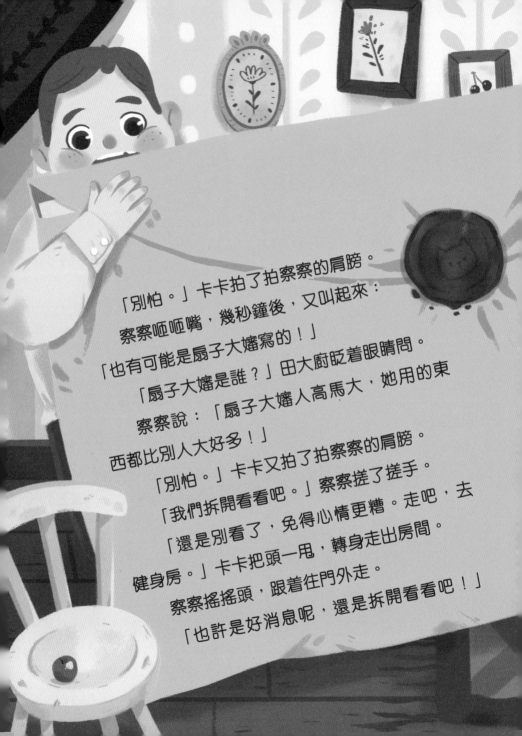

「別怕。」卡卡拍了拍察察的肩膀。

察察咂咂嘴，幾秒鐘後，又叫起來：
「也有可能是扇子大嬸寫的！」

「扇子大嬸是誰？」田大廚眨着眼睛問。

察察說：「扇子大嬸人高馬大，她用的東西都比別人大好多！」

「別怕。」卡卡又拍了拍察察的肩膀。

「我們拆開看看吧。」察察搓了搓手。

「還是別看了，免得心情更糟。走吧，去健身房。」卡卡把頭一甩，轉身走出房間。

察察搖搖頭，跟着往門外走。

「也許是好消息呢，還是拆開看看吧！」

拆信貓跟在後面，「我非常樂意為你們拆信。」

說完她就擔心了。這麼大的信封，她從未拆過。

拆信貓摸了摸嘴邊的鬍子，在心裏祈禱：鬍子鬍子，你要爭氣哦。

拆信貓的本領很神奇，當她拆開信封，把信紙打開，眼前就會浮現一面奇妙的幻鏡，有了這面幻鏡，拆信貓可以看到寫信人內心的善良與愛，看到寫信人心底最温暖的想法，信的內容也就會跟着發生變化。

休養院的客人們都知道拆信貓有這種神奇的本領，通過拆信貓拆開的信，就能感受到寫信人內心的善良與愛。

「拆信這麼簡單的事情，怎麼好意思麻煩別人呢？」察察轉過身看了一眼拆信貓。

「她不是別人，她是拆信貓。」田大廚連忙說。

「沒錯，我是拆信貓，為休養院的客人拆信是我最快樂、最光榮的事情。」拆信貓捨不得走

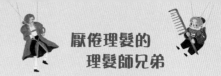

出房門。

察察抓抓綠頭髮，好像猶豫了。

卡卡走過來，一下抱起拆信貓，把她放到房門外，然後迅速地把門關上。

「一起去健身房嗎？」卡卡撩了撩額前紅色的斜瀏海。

「我得去警衛室了。」田大廚說。

「現在不拆的話，也行。我在這兒等你們，等你們從健身房回來，幫你們拆信。」拆信貓在門邊蹲下，蹲得穩穩的，像一塊石頭。

卡卡皺着眉頭抓頭髮。

「哎呀，你倔強的樣子一點都不可愛。」察察把拆信貓抱起來，眨着大眼睛說，「要不，我給你講個故事吧！」

「什麼故事？」拆信貓抬起大臉問。

「有個故事叫《狼來了》，你一定會喜歡的。」察察一邊走一邊講，「從前，有個放羊的小孩，每天都去山上放羊……」

第五章 大箱子不見了

「你注意到沒有？」

「什麼？」

「卡察兄弟那兩個大箱子不見了。」田大廚背着手在休養院門口走來走去，大肚子隨着步伐一顫一顫。

拆信貓的目光隨着大肚子移動，有些不相信地低聲說道：「好像⋯⋯也許⋯⋯大概⋯⋯是不見了哦。」

「的的確確不見了。」田大廚提高嗓門，「那是兩個深棕色的大皮箱，一直被他們放在房間的牆角，可是今天我發現它們不見了！」

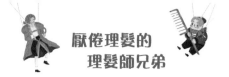

「他們把箱子藏到櫃裏了？」

「你是說房間的衣櫃嗎？」田大廚張開雙臂比畫着，「箱子那麼寬，衣櫃那麼窄，是塞不進去的。」

「他們把箱子送到天花板上去了？」

「箱子那麼重，天花板那麼薄，是承受不了的。」

「他們把箱子埋到地板下面了？」

田大廚停下腳步，抓抓圓圓的腦袋，使勁搖頭：「拆信貓，你以為那是兩根金條嗎？那是兩個大箱子！要挖一個地洞把它們埋起來，聲浪一定很大，整幢別墅的客人都會察覺，卡察兄弟不會那樣做的。」

拆信貓呼了口氣，摸着鬍子，學着田大廚的動作和神態，在門口踱來踱去，大臉揚起來，眉頭皺得緊緊的。

「那兩個大箱子究竟裝着什麼呢？」田大廚盯着拆信貓，「難道真的像旅行兔說的那樣，是錢？或者你說得對，是理髮工具。」

「唉，誰知道。」拆信貓扭頭望向1號別墅，「你關心的是那兩個大箱子，而我關心的是那封巨大的信。天啊，這是休養院有史以來收到最大的信了！」

「那封信已經靠牆站了三天，卡察兄弟還是沒請你幫忙拆，他們真的能忍受。」

拆信貓低下頭。

田大廚吃力地蹲下，把拆信貓抱在懷裏。拆信貓感到一股刺鼻的氣味劈頭蓋臉而來。

「你吃過生大蒜？吃了多少？」拆信貓捂住鼻子。

「只是一小瓣。」田大廚嘿嘿笑。

「好臭啊！」拆信貓跳到地上，一下子躥出去幾步遠，捏着粉紅鼻頭扭過頭來說，「我看至少吃了一整顆。龍醫生和郝姐姐都提醒過你，胃部不好，不可以多吃生大蒜。你都忘了嗎？」

「我就是喜歡那股氣味。」田大廚摸摸自己的大肚皮，又開始踱步，「當我還是個廚師時，就瘋狂地愛上生大蒜。生大蒜不僅美味，而且可

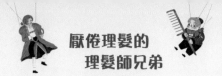
以殺菌。你知不知道廚師每天要試菜，有時候食材不好，敏感的肚子就遭殃了。這時候往嘴裏扔一瓣生大蒜，什麼事都沒了。嘿，沒想到扔着扔着就上癮，生大蒜的滋味還真離不開……」

拆信貓默默地蹲下來，看着田大廚。

如果田大廚不是因為胃部出了毛病，大概不會變成一個看門的保安員。

「那時候整天待在廚房裏，手裏是鍋碗瓢盆，眼睛裏是紅火熱油，鼻子和嘴裏灌滿酸甜苦辣，渾身上下全是煙火味，根本不知道廚房外的世界天高雲淡，這麼安靜、這麼純淨、這麼美好。」田大廚咧開嘴，嘿嘿笑着說，「現在多好，當個保安員往那兒一站，多神清氣爽！」

「為什麼不離開休養院呢？外面的世界天高雲淡，你可以走遠點去看看。」

「外面的世界那麼大，少我一個沒關係，但休養院可少不了我。」田大廚雙手叉着腰，目光從休養院一幢幢漂亮的別墅上慢慢掠過。

拆信貓靠近他，仰視他，感覺他好高大。

秋天的晚霞很迷人，像溫柔的長裙，像簇新的油畫，像流瀉的果汁，像漆黑夜裏五彩的夢。

風從紅楓林吹來，帶來陣陣涼意。

拆信貓獨自坐在木屋的門口，望着霞光籠罩下的大山，默默想念那隻兔子。

他現正在哪兒呢？

在樹林裏烤一串蘑菇當晚餐？

在一塊大石頭上翹着屁股寫東西？

在空曠的野地裏和自己捉迷藏？

在小溪邊喝水？

在山洞裏發呆？

在屋頂上編一頂大草帽？

「不，他哪兒也不在，他在我心裏住着，正陪我看晚霞呢。」拆信貓跟自己說。

霞光漸漸聚攏、消失，長裙不見了，油畫不見了，果汁不見了，五彩的夢不見了，全世界只剩下黑漆漆的夜。

「夜一定是個大壞蛋。」拆信貓對着心裏那隻兔子說，「他穿着黑色的袍子，披散着黑色的長頭髮，伸出黑色的手掌，把所有眼睛都蒙上，大家都好害怕呀！幸好……」拆信貓深吸了一口氣，仰頭望天空，「月亮會跟他對着幹，星星也會跟他對着幹。月亮是一隻兔子，星星是一隻貓，一隻兔子和一隻貓跟夜這個大壞蛋對着幹，把所有的眼睛擦亮，這個世界就再也沒有害怕了……」

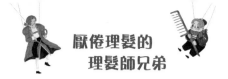

沒有任何聲音回應她。

她靜靜地坐着，凝視着夜這個大壞蛋。

月亮露出彎彎的笑臉，像兔子尖尖的耳朵。

拆信貓揉了揉眼睛，向月亮投以星星一般亮晶晶的目光。

草地幽靜極了，只有風輕輕吹過。

第六章

敬業的理髮師

「這幾天我一直在思考一個問題。」

「什麼？」

察察緩緩放下舉過頭頂的啞鈴，喘着氣問：「我們要在這兒待到什麼時候？」

「不、知、道。」卡卡咬牙切齒地把啞鈴舉過頭頂。

「當時你說住到休養院是暫時的，我們很快會回到山南邊，可是現在，你居然說不知道。」察察激動起來。

「那麼大的一封信你又不是沒看見，信裏肯定寫着令我們難堪又難過的話，這個時候回去，

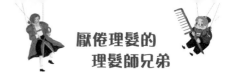

會有什麼好結果呢？」卡卡把啞鈴放到地上，吃力地挺直腰板，張着嘴巴喘氣。

「為什麼不拆開看看呢？」察察在一堆健身器材中間走來走去，揮舞着手臂嚷着，「不拆開，怎會知道信裏寫些什麼？那封信就那樣擺在房間裏當裝飾品嗎？」

卡卡抬了抬下巴，表情嚴肅：「能少說幾句嗎？總是這麼煩。」

「是你總是逃避問題。」察察抬高嗓門說。

「懶得理你。」卡卡自言自語，拿起水壺坐下來喝水。

察察氣鼓鼓地看着他，一臉焦慮和無奈。

自從卡察兄弟住進休養院，休養院的客人們都很想見識一下兄弟倆的理髮技術，可是，卡察兄弟非但沒有示範過理髮，就連跟人說話都不大願意，見到人羣總是躲躲藏藏。

「聽說他們在山南邊的理髮大賽上得過獎呢！」

「而且他們的理髮店生意特別好。」

「要是我們也能請他們理髮，該多幸福啊。」

......

客人們當然不好意思直接抓住卡卡和察察，說：「嘿，理髮師，來來來，幫我們理個髮吧，我們願意出很高的價錢。」

客人們當然也不好意思問：「你們不是理髮師嗎？怎麼到了休養院還沒見過你們理髮？難道你們是假冒的？」

客人們這也不能說，那也不能問，就跑去找護士郝姐姐。

郝姐姐耐心地收集了大家的想法，來找卡察兄弟。

郝姐姐走進健身房的時候，卡察兄弟正背對背坐着，好像在生彼此的氣，又好像在生自己的氣。

「休養院並不是只有健身房，你們可以去閱覽室看書，可以去棋室下棋，可以去院

子裏散步，還可以去茶室和其他客人一起喝茶聊天。」郝姐姐的聲音柔柔的，真好聽。

　　卡察兄弟站起來，緊繃的臉慢慢放鬆，露出傻傻的微笑。

　　「拆信貓跟我說，你們在山南邊做理髮師做得很累，所以就跑到山北休養院來，調整一下，重新出發。」郝姐姐撥了撥耳際的長髮，笑咪咪地說道，「是這樣嗎？」

　　「嗯……沒錯。」兄弟倆很有默契地點點頭。

　　郝姐姐保持着微笑，說：「住到休養院，你們的手就再也沒握過剪刀，作為敬業的理髮師，你們不想念為大家理髮的日子嗎？」

　　兄弟倆對望一眼，有些茫然。他們大概

沒料到郝姐姐會這樣問。

「謝謝你用『敬業』這個詞語形容我們。」卡卡有些尷尬地抓抓紅頭髮。

察察接過話：「是啊是啊，我們曾經很敬業，可以說非常敬業。我們會根據每一位顧客的身分、年齡、星座、血型、個性、興趣、愛好，為他們設計髮型，然後盡力讓髮型完美呈現，越來越多顧客認同我們、喜歡我們，甚至熱愛我們、依賴我們。我們每天忙個不停，連吃飯、上廁所和睡覺都沒有時間⋯⋯我們整天淹沒在洗髮乳和讚美聲裏，感覺不到自己的存在⋯⋯」

「是的，就這樣。」卡卡打斷察察的長篇大論。

察察閉上嘴巴，用力嚥下一口唾沫。

郝姐姐看看卡卡，又看看察察，感到察察嚥下去的是一個秘密。

「看來，你們的確需要放鬆，需要調整心態，有新的力量，再重新出發。」郝姐姐的眉頭皺起來，「可是我不覺得你們到了休養院後，變

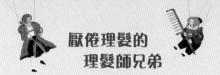

得放鬆，不覺得你們在調整心態，我感到你們正在承受着一股巨大的壓力，焦慮和不安時時刻刻都寫在你們的臉上。」

卡察兄弟的心不由得同時顫了顫，你看看我的臉，我看看你的臉，不知道怎樣接話。

「理髮師是受人尊敬的職業，是了不起的職業，大家知道你們是理髮師，心裏好喜歡你們，好崇拜你們，非常希望能夠得到你們的幫助。或者，你們可以試着拿起剪刀，為休養院的客人們換換髮型。」郝姐姐一手握住卡卡的手，一手握住察察的手，眼神和秋天的天空一樣純淨明媚。

卡卡嘴唇動來動去，卻沒有說話。

察察低聲地說道：「我們就是為了躲開請我們理髮的人，才逃到山北，現在這裏的人又要我們理髮，這……怎麼會這樣？怎麼可以這樣對我們？」

「察察，別說了。」卡卡瞪了一眼察察，轉向郝姐姐，「既然大家需要我們，也許我們可以試試。」

「卡卡？」察察用奇怪的眼神看着卡卡。

「我是認真的。」卡卡嘴巴一咧，笑了。

郝姐姐溫柔地注視着兄弟倆，雖然不清楚他們努力藏着的秘密究竟是什麼，但看到他們願意重新拿起剪刀為其他客人理髮，覺得還真是一件好事呢。

第七章

「喀嚓、喀嚓」的聲音

消息傳開，整間休養院沸騰了。

大家都想請卡察兄弟幫忙設計髮型，期待着自己的模樣煥然一新。

「我早就煩透了現在像雜草一樣的髮型，不如改個『大背頭』，那樣顯得霸氣。」掉了牙的爺爺說。

「我覺得我的『三七分界』俗氣透了，『平頭』也許更適合我氣宇軒昂的外表。」拿着拐杖的爺爺說。

「你不要『三七分界』我要呢，總比我現在的『中間分界』帥氣。」坐着輪椅的爺爺說。

「『中間分界』有什麼不好，我現在的『大波浪』才麻煩，換個『中間分界』一定更有氣質。」駝了背的婆婆說。

「『大波浪』其實更適合我，要是再加上一抹空氣瀏海，那就完美了。」躺在病牀上不能下來的婆婆說。

「我小時候很羨慕櫻桃小丸子的髮型，現在經典重現一下也未嘗不可哦。」大媽說。

「我想嘗試一下鬈髮，最好再染成栗色，那樣一定很酷。」大叔說。

休養院的客人們都選好了自己的新髮型，卻沒有人敢第一個站出來理髮。

「理髮師兄弟看起來奇奇怪怪的，萬一是假冒的，我的髮型就完蛋了。」

「是啊是啊，髮型完蛋了，整個形象也就崩塌了。」

「還是等等吧，沒把握的事情不要做。」

幸好卡察兄弟沒有聽見，不然的話該多受打擊。

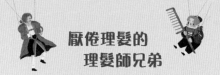

　　關鍵時刻，龍醫生站出來，第一個請卡察兄弟理髮。

　　午後的休養院安靜極了。

　　大家圍坐在空曠的院子裏，看卡察兄弟為龍醫生理髮。

　　田大廚抱着拆信貓，坐在最靠近卡察兄弟的那張長椅上。

　　年輕的龍醫生摘下眼鏡，坐在一張方方的凳子上，腰板挺得筆直，臉上笑咪咪的，彷彿一點都不為即將誕生的新髮型擔憂。卡察兄弟並不急着動剪刀，而是先跟龍醫生聊天，了解他的星座、血型、愛好等，然後盯着龍醫生本來就很帥很帥的髮型研究商量起來。

　　「卡卡的那條褲子是我在某年秋天去裁縫店訂做的，對了，也是現在這樣的秋天。那時候我還是個瘦子，穿什麼都神氣。」田大廚摸了摸自己的肚皮。

　　拆信貓細心地看卡卡的褲子，那是一條棕色的直筒褲，穿在卡卡身上鬆鬆垮垮。拆信貓瞥了

一眼田大廚，心想：你真的瘦過嗎？

「察察的那件風衣是我師傅送給我的。我師傅是個了不起的廚師，可惜他太老了，早就離開休養院，去了一個更安靜的地方。我師傅一直很瘦很瘦，我就搞不懂，一個優秀的廚師怎麼會瘦成像沒吃過飯的樣子……」

拆信貓看着田大廚。

「哦，不說了。」田大廚抹了抹眼睛，朝卡察兄弟那兒努努嘴，「聽聽他們說些什麼。」

「其實髮型最重要的是跟臉型相配。」卡卡對龍醫生說，「你的臉輪廓分明，額頭大，整個人陽光帥氣，因此『莫西干』髮型應該是很不錯的選擇。」

「沒錯，『莫西干』髮型能讓你看起來更有活力，更帥氣有型。」察察為龍醫生披上圍布。龍醫生的身體被遮得密不透風，只露出一個好看的腦袋。

所有人都注視着這腦袋。

「『莫西干』髮型是什麼髮型？」田大廚悄

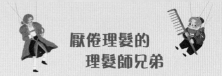

悄問拆信貓。

「你不知道嗎？」拆信貓摸了摸鬍子。

田大廚舔了舔嘴唇，說：「我吃過葡萄乾、牛肉乾、芒果乾、魚乾、鹹菜乾……可是沒聽說還有莫西乾。」

「『莫西干』不是一種吃的東西，『莫西干』是北印第安人的其中一種。」拆信貓小聲說，「有一種髮型現在很流行，兩邊低、中間高，許多人把這種髮型稱為『莫西干』髮型。其實莫西干人到底是不是都留這種髮型，誰知道呢！」

「你整天待在木屋裏，怎會知道這麼多？」田大廚張大嘴巴。

「是旅行兔告訴我的。」拆信貓瞇起眼睛望了望南邊的山，還用力伸了伸脖子，彷彿要把頭探到山南邊尋找什麼。

田大廚也跟着望了望南邊的山，把脖子伸了伸，彷彿看見什麼似的，說：「他真是一隻見多識廣的兔子。」

卡察兄弟開始為龍醫生理髮了。

卡卡叉開雙腿，蹲着馬步，伸着腦袋，瞪大小眼睛，握着剪刀專心剪髮，察察在一邊細心地當助手。

「喀嚓、喀嚓……」院子裏多麼安靜，只有剪刀飛舞發出的美妙聲音。

樹葉輕輕飄落，就像飛鳥落在窗台。

秋風悄悄路過，就像魚兒划過清水。

　　所有人都靜靜注視着卡卡翻飛的手勢，人們都被「喀嚓、喀嚓」的聲音深深吸引。

　　「喀嚓、喀嚓……」多麼輕快，多麼清脆。

　　拆信貓抬着大臉，眼睛一眨也不眨地盯着龍醫生逐漸改變的髮型，嘴角翹起來，翹起來。

　　大家的嘴角都翹起來，翹起來。

　　每個人的嘴角都翹到耳根了，「莫西干」髮型誕生了！

　　「天啊，哪兒來的大明星啊？」

　　「簡直太帥了！」

　　「髮型絕對能提升一個人的氣質！」

　　許多人、許多聲音把龍醫生圍起來，簇擁着、歡呼着，然後又一窩蜂圍住卡察兄弟，嚷着要換髮型。

　　卡察兄弟太受歡迎了，誰都不想錯過被這麼敬業、這麼優秀的理髮師服務的機會，郝姐姐只好用抽籤的方法，決定誰先理髮。

　　「你想不想理髮？」田大廚問拆信貓。

　　「那得有頭髮。」拆信貓摸了摸自己滑溜溜

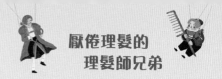
的腦袋，「你呢？想不想理髮？」

　　「當然想。」田大廚說，「不過，我還沒想好換個什麼樣的髮型。嗯……一定是最帥的那種。」

第八章

卡察兄弟忙壞了

　　長頸鹿先生帶着郵包從山南邊趕來，把一封封信送交大家，拆信貓忙着為大家拆信。

　　沒有卡察兄弟的信。

　　沒有收到信的卡察兄弟長長地呼出一口氣，感覺心情好了很多。

　　每次看到長頸鹿先生過來送信，兄弟倆都會很緊張。

　　他們覺得沒有信的日子才安寧。

　　可是，休養院的客人們沒有讓他們安寧。

　　等候理髮的隊伍排得一眼望不到頭。

　　卡察兄弟忙壞了。

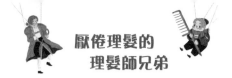

　　忙壞了的卡察兄弟每天深夜爬上牀，連打呼嚕的力氣都沒有。

　　客人們對着鏡子滿意地欣賞自己漂亮的新髮型。他們在走廊、食堂、院子、閱覽室裏相遇時，都會樂呵呵地互相讚美對方的髮型，還不忘蹺起大拇指大聲說一句：「卡察兄弟真了不起！」

　　「了不起」的卡察兄弟為大家設計並完成「了不起」的髮型，而且統統沒有收費。

　　客人們心裏過意不去，紛紛把自己最心愛的東西作為禮物送給卡察兄弟。

　　掉了牙的爺爺送給他們一籃子水蜜桃，每一個都散發着令人難以抗拒的香甜味兒。

　　拿着拐杖的爺爺送給他們一把木拐杖，上面盤着一條霸氣的龍。

　　坐着輪椅的爺爺送給他們一雙棉布拖鞋，抬起放下都會發出音效。

　　駝了背的婆婆送給他們一件筆挺的西裝，海一樣的藍色，胸前的口袋上繡着一隻飛翔的海

鷗。

　　躺在牀上不能下來的婆婆送給他們一本感人
的書，書頁裏灑滿婆婆的淚滴。

　　除了這些，還有植物洗髮露、睡衣、羽絨
被、牛角梳、旅行袋、茶葉、玩具火車、棒球
帽、乾花、蠟筆、抱枕、太陽鏡、草編手鏈、手
套、臉盆⋯⋯

　　沒過幾天，卡察兄弟的房間就成了儲物室。
牀上、桌上、衣櫃裏、地板上，到處堆滿東西。

　　兄弟倆每天晚上必須挪開一大堆東西，才能
找到地方睡覺。

　　「我覺得又回到以前的狀況。」卡卡有氣無
力地嘀咕着，「簡直糟糕透了。」

　　「我的腰快斷了，手上的繭子也被磨破。」
察察用破了繭子的手按了按自己的腰部。

　　「這樣是不行的。我們必須堅決拒絕，對他
們說不⋯⋯嗯，從明天開始拒絕為他們理髮。」
卡卡說。

　　察察打着呵欠說：「這麼忍心啊！他們很喜

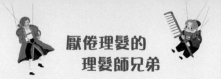

歡我們，我們怎麼可以讓他們傷心失望呢！」

「這種事情我們又不是沒幹過。」

「那時在山南邊，現時在休養院。你看這裏的人，不是老了，就是病了，或是心靈受過創傷，很多還有其他難處……我們為他們帶來期待啊！如果他們換上新髮型，也許就會忘記自己的年齡，忘記自己的病痛，忘記所有煩惱，變得快樂。我們怎能忍心對他們說不，去趕走他們的快樂呢？」

卡卡沒有再出聲，他已經睡着了。

察察翻了個身，也睡了。

拆信貓睡不着。她趴在窗台上，抬着大臉仰望夜空。

秋天的夜空安靜極了，帶着一點點冷冷的、酷酷的感覺。

一輪明月掛在天幕上。

「月亮的臉也很大呢。」拆信貓摸了摸自己的大臉，還摸了摸嘴邊的鬍子，「如果月亮的大臉上也長了鬍子，看起來會不會像一隻貓？」

月亮發出溫柔的亮光，把山脊照得清清楚楚。

「月亮的臉真的不小呢。」拆信貓晃了晃腦袋，「如果月亮的腦袋上也冒出兩隻長長的耳朵，看起來會不會像一隻兔子？」

月亮輕輕挪移，半個身子躲進了雲層。

拆信貓感到脖子抬酸了，低下頭，從窗台上跳下來，爬進一個簇新的紙盒裏。

第二天，卡卡和察察照樣很早起牀，為客人們理髮。

客人們享受着卡察兄弟優質的服務，說着感謝的話，送來一份又一份禮物。

日子在「喀嚓、喀嚓」的聲音裏流逝。

「這下好了。」察察說，「休養院所有客人都換過髮型了，每個人都有新髮型，我們總算可以歇歇了。」

「事情可沒這麼簡單。」卡卡說。

沒錯，事情可沒這麼簡單。

換過髮型的客人們忽然羨慕別人的髮型，想要跟着換。或者，他們覺得自己的髮型可以保留，但必須換個顏色，於是再把頭髮染色。

　　這樣一來，卡察兄弟就忙得停不下來了。

　　「我們如果繼續待在這兒，是不是永遠都忙不完？」察察問卡卡。

　　「是的。」卡卡回答，「跟在山南邊一樣，忙不完。」

　　「那我們該怎麼辦呢？」察察低聲含糊地說。

　　「是你說的，不要拒絕他們。」卡卡說，「而事實上，如果不拒絕他們，我們將無法前進。」

　　想到「前進」，兄弟倆都沉默了。

第九章

「大」字形的姿勢

　　沒有人知道卡察兄弟說的「前進」是指什麼，就像沒有人知道他們的大箱子裏藏着什麼。

　　又一天過去了。

　　累壞了的卡察兄弟結束一天的工作，想要回房間睡覺的時候，拆信貓追了上來。

　　拆信貓像踩了滑板似的來到他們跟前，一個急剎車收住腳，屁股一扭，掉了個頭，抬起大臉，對着卡察兄弟笑，嘴巴裏發出「咕嚕咕嚕」的聲音。

　　她懷抱着一個漂亮的黃色盒子。

　　「嘿，拆信貓，你也給我們送禮物啊？我們

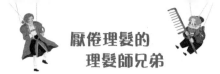

可沒幫你理髮。除了你和田大廚,這兒所有人都換過髮型了。可惜你沒有頭髮。田大廚呢?他不需要理髮嗎?」察察聳聳肩膀,因為勞累,嗓子都有些沙啞了。

拆信貓低下頭,輕輕閉了閉眼睛,有點兒傷感。

可是,假如一隻貓的腦袋上長出濃密的頭髮,黑色或棕色或白色,那會不會很滑稽、很醜?

這樣想着,拆信貓的心情一下子好了。

「我烤了梔子花餅乾,還弄了點水果茶,希望你們會喜歡。」她把盒子舉起來,舉過頭頂。

「我聞到香味了。」察察對着紙盒抽鼻子。

「可是我好累,只想睡覺。」卡卡打着呵欠繞過拆信貓,徑直向房間走去。

拆信貓連忙追上去,察察從後面把她抱起來,一起進入房間。

房間已徹底被各種各樣的禮物佔據,禮物堆成一座座山,拆信貓感到自己的眼睛不夠用了。

各種各樣的禮物發出各有不同的味道，掩蓋了黃色盒子裏梔子花餅乾和水果茶的香甜味兒。

「喜歡什麼禮物，儘管拿。」卡卡對着一座座禮物山揮了揮手。

拆信貓知道，這句話是卡卡對她說的，可是，卡卡累得看都沒看她一眼。他甚至沒有力氣把禮物撥開，找個平整的地方再睡，就那麼不顧一切放倒身體，臉朝着窗外，不再作聲。

察察爬到卡卡身旁，背靠着牀頭的牆壁坐在牀上，撫摸着拆信貓光滑漂亮的後背，打了個呵欠，說：「現在，你可以把盒子打開了，我們一起吃餅乾，喝水果茶。」

「我想先問你一個問題。」拆信貓抬起大臉注視着察察正慢慢下垂的小眼睛，「你們的箱子不見了，這事情你們知道嗎？」

「沒有不見。」察察揉揉眼睛。他的上眼皮和下眼皮拚命打架，一會兒撞到一起，一會兒用力把對方推開。

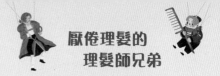

「就是你們來休養院的時候，拿着的那兩個大箱子，它們怎麼不在房間裏？」拆信貓踩了踩察察的大腿。

察察一連打了好幾個呵欠，含混不清地說：「沒有不見。我們把它們藏起來，藏得好好的，誰也不可能找到它們，誰也不可以阻止我們向前進……」

「向前進？什麼意思呢？」拆信貓好奇極了。

察察的上眼皮和下眼皮終於抱成一團，再也分不開了。

拆信貓找了個較為平整的地方，把粉紅色盒子打開，耳邊傳來此起彼伏的呼嚕聲。

察察的呼嚕悠長柔韌，像柳條在春風裏舞蹈；卡卡的呼嚕清脆利落，像雨點敲打夏天的荷葉。

拆信貓騰出牀頭櫃上的一小塊地方，把盒子裏的餅乾、水果茶和杯子拿出來，仔仔細細地擺好。

跟之前烤的餅乾不一樣的是，這次的餅乾表面塗了一層厚厚的忌廉，看起來像一塊塊蛋糕。

「睡吧，睡吧，餓醒了，第一眼就能看到忌廉餅乾和水果茶，希望你們會喜歡。」拆信貓輕輕地像哼歌謠一樣說着，「明天是我的生日。是的，明天。」

察察弓着身子，像一隻大蝦一樣背對着卡卡，睡得香甜。

「不管你們的大箱子裏裝的是什麼，不管你們藏着什麼秘密，我都會支持你們的。」拆信貓一邊為他們拉上被子，一邊柔柔地說，「不管你們有多麼奇怪，我都覺得你們是世界上最好的理髮師。」

秋天的風從窗外吹進來，像一隻溫柔的手，掀起窗簾，把皎潔的月光請進屋裏。

「你們知道嗎？昨天我為躺在牀上的大黑子爺爺拆信，我告訴他，信是他孫子寫來的，裏面還夾着一幅畫。大黑子爺爺開心極了，恨不得下牀走路。其實，那封信根本不是他孫子寫的，是大黑子爺爺好朋友的兒子寫的，信裏說大黑子爺爺的好朋友已經離開人世了。那幅畫也不是他孫子畫的，是他的好朋友臨終前畫的，畫了些什麼，一點兒都看不出來，他大概已經沒有力氣寫字，而心裏偏偏想要寫字，所以就把字變成畫……這個世界有那麼多的離別、痛苦和遺憾，我多想大家永遠都不要經歷這些……」

拆信貓抽抽鼻子，不讓眼淚掉下來。

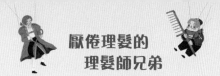
卡察兄弟傻乎乎地打着呼嚕。

拆信貓歎了口氣，收起自己多愁善感的情緒，為他們整理房間。

禮物分門別類沿着牆腳擺放，衣服統統疊起來，玩具從大到小堆在牆角，食物整齊地放在桌子上。

忙碌了小半夜，房間總算像樣了。

「奇怪。」拆信貓揉着發酸的腰背，「那封巨大的信哪兒去了？」

那是卡察兄弟住到休養院後，收到唯一的一封信！

拆信貓突然發現牀底下露出信封的一角。

她跪在地板上，用力把信封拖出來。封口依然好好的，沒有被拆開的痕跡。

她歎了口氣，把這封巨大的信重新推到牀底下，拍了拍手上的灰塵，然後爬上牀。

卡卡翻了個身，察察也翻了個身，兩個身體伸展着四肢，平躺在牀上。

拆信貓把粉紅色的紙盒推到卡卡

和察察中間，爬了進去，也想擺個「大」字形的姿勢，可是盒子太小了，只能蜷縮着睡。

拆信貓跳出紙盒，「大」字形地躺在卡卡和察察中間，在清亮的月光下，在動聽的呼嚕聲裏，漸漸睡去。

第十章

生日禮物

天氣真好，咖啡色的木屋籠罩在純淨的秋陽裏，像一個新鮮出爐的朱古力鬆餅。

拆信貓把一個個紙盒搬出來，放在屋前的太陽下，一字排開，又把毛毯、睡袋、衣服統統拿出來，攤在紙盒上。

「曬一曬，就更暖和了。」拆信貓仰起大臉看了看南邊的山，「快要進入深秋。冬天也不遠了。」

山坡上，楓林紅得像火，是深情的燃燒，是熱烈的紀念。進入冬天，這火紅的葉子就會慢慢褪去鮮亮的顏色，變得黯然失色，直到枯萎凋

77

落，等待下個季節的來臨。

「大山媽媽的紅腰帶好美好美。」拆信貓「咕嚕咕嚕」叫着，趴在一個紙盒上，舒舒服服地曬太陽。她好像把自己當成了毛毯，當成了睡袋，當成了衣服，認真地曬着。她身下的紙盒是龍醫生送給她的。

前幾天，龍醫生去了一趟山南邊，帶回來一盒紅蘋果。他把紅蘋果分給大家，而拆信貓就得到這個香噴噴的紙盒。

拆信貓有好多好多紙盒，方的、圓的，寬的、窄的，深的、淺的……每一個紙盒都是她的寶貝，有不少更被她裝飾成牀。沒有誰的屋子裏會有那麼多牀，而且每一張牀都很漂亮。拆信貓覺得很滿足、很幸福。

不過，她知道之後還有更多紙盒等着和她做朋友呢。

太陽慢慢向山頂攀爬，拆信貓不知不覺地睡着了。她夢見一個特別的紙盒，那個紙盒會走路、會說話、會唱歌，還會跳舞。

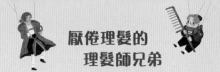

拆信貓睜大眼睛，想要看清楚那個紙盒的顏色，可是怎樣看都看不清。

好着急啊！拆信貓一下急醒了，猛地睜開眼睛，發現是個夢。

她站起來，抖抖身子，長長地呼了口氣，剛要跳下紙盒，瞥見一個什麼東西正從山下往這邊移動。

拆信貓伸長脖子，朝着那個東西瞪大眼睛。可是因為距離較遠，看不清楚。

她靜靜地趴在紙盒上，昂着腦袋，眼睛一眨也不眨地盯着那個東西，等着它靠近。

不是一個人，也不是一隻動物。

那個東西長着五隻尖尖的角，兩隻角在地上走路，兩隻角像手臂一樣展開，最上面的一隻角像一個尖尖的腦袋。

那個東西走得很慢，很吃力，彷彿剛剛吃了一頓大餐，身子沉重得很。

那個東西的模樣像星星，顏色是安靜的淡藍。

拆信貓覺得，它的質地看起來很熟悉。

天啊，是一個紙盒！星星一樣的紙盒！

拆信貓愣住了。

星星紙盒一顛一顛、一跳一跳地走過來。

它看起來多麼可愛。

拆信貓微笑着，從她的紙盒上跳下來，踩着鬆軟的草地，一點兒一點兒靠近星星紙盒。

「嘿！站住！」星星紙盒突然大聲說話。

好粗暴的聲音。

拆信貓嚇了一跳，怔了怔，注視着星星紙盒，不敢再靠近。

她沒想到一個紙盒居然會說話。

星星紙盒也停住了腳步。它在原地轉了個圈，扭動肥厚的身體，彷彿是在跳舞。

「行走，行走，不停地行走，看遍世界的風景，心靈會把美好收藏；

歌唱，歌唱，不停地歌唱，唱遍世界的美好，歌聲會把温暖傳遞⋯⋯」它唱起歌來。雖然聲音粗大低沉，但旋律和歌詞都還不錯。

會走路、會說話、會唱歌，還會跳舞。這個紙盒竟然跟夢裏的一模一樣！拆信貓感到不可思議。

歌聲沒有停下，旋律越來越耳熟。拆信貓聽着聽着，心跳越來越快，眼睛越瞪越圓，嘴巴越張越大⋯⋯等她想要大聲喊出一個名字時，星星紙盒像連體衣似的慢慢滑落，露出兩隻長長的耳朵⋯⋯

「我就知道是你！」拆信貓又驚又喜。

「哈哈，這份禮物，你喜歡嗎？」旅行兔把脫下的星星紙盒放到一邊，「我想了很久才想到這個主意的。」

「這麼漂亮的紙盒，當然喜歡。」拆信貓走過去研究紙盒，「一、二、三、四、五，有五隻角，星星一樣的紙盒，我還是第一次看到呢！」

「現在說的不是紙盒，是我。我是說——

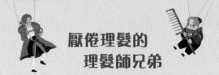

我把自己藏在紙盒裏當成禮物送給你，你喜歡嗎？」旅行兔一屁股坐在星星紙盒上，眨着眼睛充滿期待地問。

拆信貓緩緩地摸着鬍子：「呃⋯⋯喜歡。」

「生日快樂！」旅行兔變魔術似的拿出一個奇怪的東西，「哈哈，這才是真正的禮物！」

拆信貓愣愣地看着。

「沒見過吧？這是紅珊瑚，來自海底。」旅行兔又犯了囉嗦的毛病，「紅珊瑚很珍貴，你可以用它做手鏈、做戒指、做耳環、做吊墜、做鈕扣⋯⋯只要不把它拿到廚房做餅乾就行！」

拆信貓激動起來：「你已經學會潛水嗎？這是你潛到海底找到的嗎？」

「嗯⋯⋯潛水⋯⋯潛水可不是一件容易的事情⋯⋯太容易做到的事情還能叫夢想嗎？」旅行兔抱着胳膊，眼睛閃耀着光芒，說：「我不會放棄的！」

「說得對。」拆信貓接過紅珊瑚，「謝謝你的生日禮物。」

手鏈、戒指、耳環、吊墜、鈕扣⋯⋯拆信貓在心裏默念着這些漂亮的詞語，覺得旅行兔風塵僕僕的臉和閃閃發光的眼睛好可愛、好珍貴。

第十一章

卡察兄弟的**第二封信**

又是一個星期天。

長頸鹿先生帶着郵包從山南邊趕來，敲響木屋的窗。

拆信貓提着烤好的餅乾走出木屋，爬上長頸鹿先生的後背，和他一起去休養院。

長頸鹿先生負責送信，拆信貓負責拆信，這是多麼美妙的組合啊！

「那對奇怪的理髮師兄弟，這次又有他們的信了！」長頸鹿先生大聲說。

「哦，真的嗎？」拆信貓好激動，「接連幾個星期都沒有他們的信，我以為他們再也收不到

信了！」

「但願他們會喜歡這封信。」長頸鹿先生說。

作為一名郵差，長頸鹿先生希望送出去的每一封信都能讓收信人感到愉快。

「我好緊張啊！」拆信貓騰出一隻手捂住心口，「第一封信像一堵牆那麼高大，第二封信會不會……」一瞬間，拆信貓腦海裏閃過許許多多比牆還高大的東西，「哇，第二封信會不會像山一樣高大？」

她側過臉望了望南邊的山。

噢，像山一樣高大的信，鬍子恐怕沒法拆開它了！拆信貓在心裏一直祈禱：不要不要，千萬不要。

「待會兒你就知道了。」長頸鹿先生從容地說。

到休養院了。

長頸鹿先生把其他客人的信都送完了，才把手伸到懷裏取卡察兄弟的信。

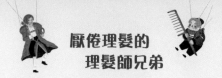

拆信貓抬着大臉，眼睛一眨也不眨地盯着長頸鹿先生的胸口。

上次，長頸鹿先生從懷裏掏出一個粉紅色的信封。展開信封，裏面竟然是一堵牆那麼大的一封信。

這一次……

長頸鹿先生傻傻地笑了笑，把手伸出來。他手上握着一個白色的信封，這個信封和所有送出去的信一樣，大小正常。

拆信貓鬆了一口氣，把信接過來。

「祝你拆信愉快。我先走了。」

「請等等。」拆信貓猶豫了一下，有些不好意思地說，「長頸鹿先生，你能不能幫我打聽一下卡察兄弟的事情？我想知道，他們在山南邊當理髮師的時候，有沒有發生過什麼奇怪的事情。」

「其實……」長頸鹿先生的表情很認真，「上次送完那封很大很大的信之後，回到山南邊，我就去打聽了卡察兄弟的情況。我找到他們

原先開理髮店的那條街，一位女士告訴我，卡察兄弟是出色的理髮師，大家都很喜歡他們，不過早在一年前，他們的理髮店就關門了。卡察兄弟在那條街消失後，那間理髮店變了裁縫店，後來又變成鞋店，現在是花店。不過那位女士說，要是花店再變回理髮店，她會感到很高興。」

「呃……變化還挺大。」拆信貓感到自己的腦袋有點暈了。

「放心吧，我會繼續打聽情況的，有消息再告訴你。」長頸鹿先生說。

拆信貓抬起大臉，感激地看着他。

目送長頸鹿先生高大帥氣又風塵僕僕的背影消失在山腳下，拆信貓感到身體裏湧起一股小小的衝動：爬過那座山，去山南邊走一走、看一看，為什麼不呢？

她已經好久沒有去山南邊了。

不過，這股衝動很快就消失了，因為

她看見卡察兄弟正從3號別墅走出來，懷裏放着理髮工具，一路小步跑往2號別墅去。

他們剛為3號別墅的客人理完髮，正急着趕往2號別墅。

拆信貓把信藏在身後，快步迎上去。

「卡卡、察察，長頸鹿先生剛剛來過。你們猜這一次有沒有你們的信？」拆信貓攔在他們跟前。

兄弟倆收住腳步，飛快地對望一眼，神情變得緊張起來。

他們最怕收到信了。

「猜一下嘛！」拆信貓眨着眼睛提高嗓門。

「沒有。」卡卡和察察一起說。

「如果有的話，怎麼辦？」拆信貓儘量讓自己的表情顯得很淡定，「如果有的話，就請允許我幫你們拆信，好嗎？」

「看樣子是有的。」卡卡咂咂嘴。

「我想也是。」察察聳聳肩膀，蹲下來，把手一攤，「拿出來吧。這次的信，應該不會很大很大，大得連牀底下都塞不下了吧？」

「啊？為什麼不順着人家的想法點點頭說，好啊，有信的話，就麻煩你幫我們拆信。」拆信貓鼓起腮頰，嘟起嘴巴說，「一點兒都不好玩！」

察察哈哈大笑起來，安慰道：「好吧，那我就按你說的重新說一遍。拆信貓，如果這次有我們的信，麻煩你幫我們拆開吧！」

拆信貓露出勝利的微笑，拿出白色的信封，在察察眼前晃了晃，正準備拆開，卻被卡卡一下搶過去，塞進褲袋裏。

「啊？」拆信貓急了。

「現在可沒時間看信。」卡卡說，「走吧，別讓客人們等久了。」

察察摸摸拆信貓的耳朵，無奈地搖搖頭，站起身，跟着卡卡往 2 號別墅走去。

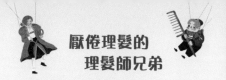
「怎麼可以這樣對我？」拆信貓急得在踏地，「察察，你說話不算數！」

察察一邊走，一邊搖頭晃腦，從頭頂打出抱歉的手勢。

第十二章

休息一天

卡察兄弟突然宣布：放下剪刀，休息一天。

消息傳遍整間休養院，這時客人們才意識到，卡察兄弟在這段日子，從早到晚都為大家理髮，實在是太辛苦、太勞累了。

大家感到過意不去，又想給卡察兄弟送禮物了。

卡察兄弟決定狠心拒絕一切禮物，不僅如此，還請來田大廚幫忙，把原本堆在房裏的禮物山統統搬出來，放在院子裏，一件件分發給大家。

看到卡察兄弟把禮物拿出來派送，大家都驚

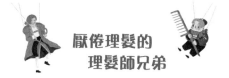

呆了！

「喀嚓喀嚓……理髮又好又快，不收錢，不收禮物，這樣的理髮師……太少見了！」

「太令人敬佩啦！」

「卡察兄弟真了不起！」

「一心一意幫助大家，心靈真美！」

「太有風度了！」

「越看越帥！」

「美的使者！」

「簡直是英雄！」

客人們用最漂亮的詞語和句子讚美卡察兄弟，卡察兄弟一邊派發禮物，一邊禮貌地報以微笑。

「要不要給龍醫生和郝護士留一些？」禮物發得差不多了，田大廚問卡察兄弟。

「這個提議不錯。」卡卡點點頭。

　　「確實得好好感謝他們。」察察說，「理髮工具和洗髮露、染髮劑等，都是他們幫忙找來的。」

　　田大廚呆了片刻，叫起來：「什麼？理髮工具和洗髮露、染髮劑……所有東西難道不是你們用大箱子帶來的嗎？那天，當你們拿着剪刀開始為客人們理髮的時候，我看到那麼多的理髮工具，那麼多的洗髮露和染髮劑，還以為那是你們用大箱子帶來的……」

　　兄弟倆對望一眼，不約而同地聳聳肩膀。

　　「那麼你們的大箱子裏裝的究竟是什麼？」田大廚好奇極了。

　　「是很重要的東西。」察察說，「對我們來說，它們是我們的希望，是我們的未來，是我們全部的快樂……」

　　「察察！」卡卡粗暴地打斷察察，「你的話太多了。」

　　察察吐吐舌頭，捂住嘴巴，對田大廚扮了個鬼臉。

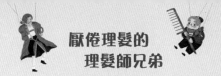

　　卡卡在剩下的禮物裏挑選出一罐藍莓酒，留給龍醫生。

　　察察挑選了一個藍色的抱枕，留給郝姐姐。

　　田大廚摸着腦袋，猜想着卡察兄弟的兩個大箱子裏到底裝着什麼，現在它們在哪兒？

　　而同樣被這個問題困擾的，還有拆信貓。

　　不過這時候，拆信貓沒空思考這個問題，她正趴在桌子上，聽旅行兔沒完沒了地講述旅行中的見聞。

　　旅行兔黏在沙發椅上，不停地講着有趣的故事。他的姿勢隨着故事的情節而變化，一會兒伏在沙發椅背上，一會兒平躺着，一會兒跪着，一會兒蹲下去，一會兒乾脆趴下，一會兒坐起來蹺起腿，一會兒倒立，一會兒把兩條腿掛在沙發椅背上……拆信貓看得頭都暈了。

　　廚房的爐子裏烤着梔子花餅乾，屋子裏慢慢有了香甜味兒。

　　風從窗外吹進來，帶着原野的芬芳，帶着秋的寒意。

　　壁爐裏生着火，周圍安靜極了，只有旅行兔說話的聲音。

　　旅行兔講啊講啊，一直講到太陽落山，講得口乾舌燥，講得肚子咕咕叫，終於停下來，嚷着要吃晚餐。

　　木屋裏亮起了燈，拆信貓拉上柔軟的窗簾，把晚餐端上桌。

　　香噴噴的梔子花餅乾、兩根烤熟的秋葵、一根嫩嫩的紅蘿蔔，還有水果茶⋯⋯它們被拆信貓放在雪白的餐具上，看起來乾淨又漂亮。

　　拆信貓和旅行兔面對面坐在餐桌前，開始享用晚餐。

　　「你知道我在外面最想念的是什麼嗎？」旅行兔抓起一塊餅乾，一口咬下半塊。

　　「什麼？」拆信貓為他倒了一杯水果茶。

　　「最想念的當然是你──」旅行兔前傾着身子，歪着腦袋齜牙咧嘴，把「你」字拖得長長的。

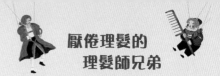

拆信貓低下頭，露出害羞而愉快的微笑。

「當然是你烤的餅乾啦！」旅行兔把手上的半塊餅乾塞進嘴巴，誇張地咀嚼着，「我去過那麼多地方，嘗過那麼多美食，可是沒有一種美食能夠和你烤的梔子花餅乾相比。嗯⋯⋯有一點點脆，有一點點酥，鬆軟又有嚼勁，恰到好處的香味和甜味不受控制地在身體裏遊走，渾身都是幸福感⋯⋯」

拆信貓睜着圓圓的眼睛，默默注視着旅行兔，心裏灌了滿滿的幸福感。

她覺得自己多麼幸運，能夠擁有旅行兔這麼好的朋友。

旅行兔抓起第二塊餅乾的時候，木屋的門被敲響了。

拆信貓跳下椅子跑去開門。

第十三章

慌慌張張的兄弟倆

　　田大廚頂着一頭暮色在門口出現。

　　「嘿，你可真會算時間，正好趕上我們的晚餐！」旅行兔咬着餅乾對田大廚招手，「來吧來吧，這邊坐！」

　　「噢，我可不是來吃晚餐的。」田大廚在餐桌邊坐下，「我來是想告訴拆信貓一件事。」

　　「什麼事？」拆信貓睜大眼睛。

　　田大廚抽了抽鼻子，稍微享受一下餐桌上誘人的栀子花餅乾散發出來的香甜味兒，對拆信貓說：「現在我知道了，卡察兄弟的大箱子裏裝的不是理髮工具。」

98

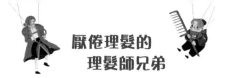

「你怎麼知道的？你看見箱子打開了？」拆信貓興奮起來。

「那倒沒有。」田大廚說，「卡察兄弟為休養院的客人們理髮，用的工具是龍醫生和郝姐姐幫他們準備的，這就說明他們自己沒有帶理髮工具，大箱子裏裝的肯定不是理髮工具。」

「那可說不準。也許他們的大箱子裏裝的就是理髮工具，只不過他們捨不得拿出來用。」拆信貓說。

田大廚的眉頭皺起來：「你這麼說……好像也有道理哦。」

「哎呀，我出去旅行之前你們就在討論這個問題，現在我回來了，你們還沒有找到這個問題的答案，真讓人不可思議。」旅行兔抬起屁股，讓屁股穩穩地擱在椅子一側的扶手上，眼神在拆信貓和田大廚的臉上跳來跳去，然後盯着拆信貓，「叫你笨蛋你還總是不服。」

「不可以叫我笨蛋。」拆信貓一本正經地喃喃自語着。

旅行兔撇撇嘴，又抓起一塊餅乾，伸出舌頭舔了舔，咬下去。

「你最聰明，那你說有什麼辦法可以知道大箱子的秘密呢？」田大廚伸着脖子問旅行兔，順便又用力抽了抽鼻子，盯着餐桌上雪白盤子裏的餅乾猛地嚥了嚥口水。

「辦法當然有啦！別着急，先享受美食吧！」旅行兔把裝着餅乾的雪白盤子推到田大廚面前。

拆信貓為田大廚倒了杯水果茶。

田大廚激動得渾身發熱。

「察察說，他們把大箱子藏起來了，藏得好好的，誰也不可能找到，誰也不可以阻止他們向前進……」拆信貓把察察的話說給田大廚聽。

「向前進？向前進是什麼意思？」田大廚一邊好奇地問，一邊伸手拿起一塊餅乾，塞進嘴巴，「察察說，大箱子裏的東西很重要，是他們的希望，是他們的未來，是他們全部的快

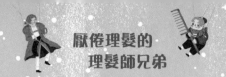

樂……」

「停停停！大箱子，大箱子，真是好煩啊！
這個問題能不能先不討論？現在，好好享受晚餐
比什麼都重要！」旅行兔端起杯子說。

三個杯子用力碰撞在一起。

兩個人的晚餐變成了三個人的聚會。

＊　　　　＊　　　　＊

第二天，卡察兄弟又宣布：放下剪刀，休息
一天。

這下，休養院的客人們緊張起來。

「卡察兄弟是不是身體出了問題？」

「連剪刀都拿不動了嗎？」

「或者發生了什麼不愉快的事情，他們的心
情變得很糟糕。」

「難道他們已經厭倦了為我們理髮的日
子？」

「我們太麻煩他們了，不停地要求換髮型，

換髮型⋯⋯」

「其實他們對我們已經夠耐心的了。」

「他們會不會離開我們啊？」

下午茶時間，拆信貓端着雪白的盤子走進
1號別墅，來到卡察兄弟的房間門口。

雪白的盤子裏，十二塊新鮮出爐的栀子花餅
乾散發出誘人的香甜味兒。

為了讓它們看起來更吸引，拆信貓在每一塊
餅乾上加了一些玫瑰醬。

敲了好幾下門，沒有動靜。

郝姐姐端着護理盒經過走廊。

「拆信貓，今天的餅乾太漂亮了！」

郝姐姐蹲下來，把護理盒放到一邊，把拆信
貓抱起來。

她那長長的鬈髮溫柔地拂過拆信貓的大臉，
拆信貓不由得抽了抽鼻子，真好聞啊！

拆信貓把雪白的盤子托起來，一直托到郝姐
姐美麗的鼻尖上：「歡迎品嘗。玫瑰醬是我自己
做的哦。」

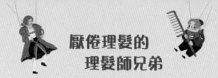

「嗯……十二塊，正好一爐子餅乾，還是完完整整地留給卡察兄弟吧。」郝姐姐的聲音柔柔的，「他們出門了，說是去木屋找你，你沒有碰到他們嗎？」

拆信貓瞪大眼睛：「啊？沒有見到啊！難道卡察兄弟會隱身？」說完，她連忙往別墅外面跑。

拆信貓喘着氣跑回木屋，一路上都沒有遇見卡察兄弟。

從休養院到木屋，就這麼一小段路，卡察兄弟不會迷路了吧？拆信貓捏着鬍子正發愁，忽然聽到木屋後面傳來細微的動靜，好像是小聲說話的聲音。

拆信貓把雪白的盤子擱在窗台上，慢慢繞到木屋後面。

卡察兄弟正背靠着木屋的

103

外牆，肩並肩坐着，談論着什麼。

　　「放心吧，藏在那兒，沒有人會發現的。」
卡卡說。

　　「但是我們為什麼不能把秘密告訴大家呢？
這樣藏着好辛苦啊！我們為什麼不能大大方方
地……」察察的聲音聽起來很着急。

　　　　「你們好啊！」拆信貓不喜歡偷聽
　　別人談話，要聽就大大方方地聽，「你

們是來找我的嗎？木屋的門在前面哦！」

卡察兄弟嚇了一跳，神色變得慌慌張張。

「拆信貓？你……你不是出去了嗎？怎麼這麼快就回來了？」察察抓抓綠頭髮，結結巴巴地問，「剛剛我們兄弟倆說的話，你……你沒聽到吧？」

拆信貓眨着眼睛，很認真地回答：「沒聽到。」

「哦，拆信貓，你回來得正好，我們正找你呢！」卡卡努力裝作很淡定。

「找我做什麼？」拆信貓抬着大臉問。

「嗯……找你……」察察想了想說，「找你幫忙拆信啊！我們知道休養院裏客人們的信都是你幫忙拆的！」

察察說完從卡卡的褲袋裏拿出他們收到的第二封信。

「嗯……也許還未到拆信的時候。」卡卡摸了摸自己的塌鼻頭。

「拆吧拆吧。不拆，我每天都睡不好。」察

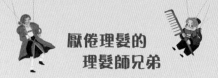

察把信遞給拆信貓，「麻煩你了。」

　　拆信貓愣了一下，接過信，大臉笑成了一朵
花。

第十四章

等着你們回來

　　拆信貓把粉紅的鼻頭貼近信紙嗅一下，嘴巴裏打出一連串呼嚕，咕嚕咕嚕地喊：「現在是拆信貓時間！」腦袋一歪，用嘴邊最鋒利的一根鬍鬚劃開信封，周圍就充滿梔子花的香甜味兒。

　　拆信貓從信封口抽出信紙，迫不及待地展開，飛快地掃了一眼。寫信的人叫「鵝蛋臉」，信上的那些句子有點奇怪。

　　拆信貓能看到寫信人內心的善良與愛，看到寫信的人心底最溫暖的想法，信的內容也就會跟着發生變化。

　　拆信貓深吸一口氣，平靜一下心情，對着卡

108

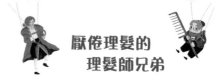
卡和察察，大聲朗讀起來：

> 　　卡卡、察察，你們在山北休養院
> 還好嗎？好久沒聽到你們握着剪刀「喀
> 嚓、喀嚓」理髮的聲音了，真是想念
> 啊！每次頂着一頭漂亮的新髮型走在街
> 上，我都特別自豪，想告訴全世界所有
> 的人，一對非常優秀的理髮師兄弟為我
> 設計了這樣的髮型！卡卡、察察，我是
> 多麼感激你們！可是，你們去了山北，
> 這麼久都不回來。休息夠了，就快點兒
> 回來，大家都等着你們呢！

　　卡卡和察察同時抬起眼睛對望着，眼神裏布
滿疑惑，彷彿信的內容非常出乎他們的意料。

　　「『鵝蛋臉』是個姑娘吧？」拆信貓眨着眼
睛問。

　　「不是。」

　　「是。」

　　卡察兄弟同時回答。

拆信貓有點搞不懂了。

「『鵝蛋臉』的確是個姑娘，不過她是個老姑娘。」剛剛回答「是」的察察向拆信貓解釋。

「其實她的臉一點兒都不像鵝蛋。」剛剛回答「不是」的卡卡告訴拆信貓，「那張臉總是板着，簡直像一隻鵝掌。」

「哈哈，那我們以後叫她『鵝掌臉』吧！」察察叉着腰大聲笑起來，「她會不會揪住我們的耳朵，把我們拖到她的麵粉店，塗成兩個麵粉人呢？」

「誰知道。」

卡卡說完搖搖頭，瞇了瞇小眼睛，甩甩手臂，沿着木屋的牆邊走開了。

察察從拆信貓手上接過信，按原樣疊好，塞進信封。

「『鵝蛋臉』不僅有一家麵粉店，還有一家麵包店，每天早晨她烤麵包的時候，整條街都香

噴噴的。難以想像，要是沒有她和她的麵包店，那條街會變成什麼樣子。其實她人品不錯，就是較嚴肅，而且特別愛管閒事。」察察摸了摸拆信貓的腦袋，「謝謝你為我們拆信。這封信真好，很好，非常好……嗯，怎麼說呢，總之這封信讓我們兄弟倆的心情都輕鬆了不少，你知道原先我們一直很焦慮……」

「察察。」卡卡轉過身示意察察離開。

察察吐吐舌頭，向拆信貓揮揮手，跟着卡卡走開了。

黑夜過去，新的一天又到來，卡察兄弟開始為休養院的客人們理髮了。

這次，客人們不再不停地要求換髮型，大家都懂得珍惜卡察兄弟的工作成果，卡察兄弟也就沒有之前那麼忙碌了。

　　拆信貓趴在一邊的椅子上，靜靜地看着他們工作，聆聽「喀嚓、喀嚓」的聲音。

　　「喀嚓、喀嚓」是時光在流轉，是心臟在律動，是卡察兄弟拿着剪刀在呼吸、在說話、在歌唱。

　　田大廚戴着一頭綠色的假髮走過來的時候，拆信貓正陶醉在「喀嚓、喀嚓」的聲音裏。

　　「送給你的！」田大廚拍拍腦袋上的假髮，「好看嗎？」

　　「送給我的？那為什麼你自己戴上了？」拆信貓站起來，抖了抖身子。

　　「我戴上假髮，你才能看到它戴在腦袋上的樣子，才能看出效果嘛！」田大廚嘿嘿笑着，不斷晃腦袋，「喜歡嗎？」

　　「我戴上假髮肯定不會是這個樣子。」拆信貓忍不住笑起來，「你看起來像一隻茄子。」

　　「什麼？」田大廚大喊道，「這頂假髮明明很帥，怎麼會使我看起來像一隻茄子呢？」

　　「茄子的腦袋也是這樣的。而且，你身軀這

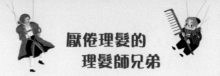

麼渾圓，和茄子的形狀很像！」拆信貓努力做了
個挺着肚子的動作。

　　田大廚撇撇嘴，把假髮拿下來，戴到拆信貓
頭上：「有了這假髮，你就是一隻有頭髮的貓，
可以請卡察兄弟為你理髮了。」

　　「可是……有了頭髮，我還是一隻貓嗎？」
拆信貓把假髮拿下來，還給田大廚，「你自己戴
吧，茄子的造型也很不錯呢。」

　　田大廚重新把假髮頂在腦袋上，抱着胳膊神
氣活現地說：「我終於想好換什麼樣的髮型了，
就是這頂假髮的樣子！哈哈，可以請卡察兄弟為
我理髮了！」

　　「理個髮還拿假髮來仿照，真是少見。」
拆信貓摸了摸鬍子，「你真是一隻特別的田大
廚。」

　　「我不是『一隻』，我是『一個』，一個
人。」田大廚把拆信貓抱起來，「你才是『一
隻』，一隻貓，一隻特別的貓。」

　　拆信貓伏在田大廚懷裏，轉過大臉看向卡察

兄弟。他們理髮的神情是多麼專注，彷彿在齊心協力完成一件了不起的藝術品。

拆信貓想起「鵝蛋臉」寫的那封信。

它其實是這樣的：

> 卡卡、察察，你們覺得躲到山北就沒事了嗎？你們曾經是多麼出色、多麼敬業的理髮師，大家都以為你們會一輩子為我們理髮。可是，不知從哪天開始，你們變了，不再好好理髮，甚至關了理髮店，躲起來好久不出門。你們好不容易換了店面重新開始理髮，卻顯得很不耐煩，還愚弄大家……卡卡、察察，這是第二封給你們的信，第一封信……嗯，就是那封很大很大的信，你們一定看過了。其實，第一封信寄出後，大家都有些後悔，裏面那些話有點過分，請你們理解，那是因為大家都太激動了，要知道，你們一走了之，傷了大家的心。不管怎樣，快回來，該面對的總是要面對。我們等着你們。

第十五章
小孩子愛聽的故事

　　拆信貓披着晚霞回家，木屋已經亮起了燈。

　　「我回來啦！」她把門推開，「我給你帶了生菜和芹菜！」

　　屋子裏沒有動靜。

　　餐桌上留着一張字條。

　　　　我得走了。本來我想等到山坡上的楓葉紅到最紅的時候再走，可是等不及了。誰說一隻兔子不可能學會潛水？不努力，永遠都不知道自己有多棒，對吧？對了，卡察兄弟的兩個

大箱子就藏在木屋東邊的灌木叢裏，如果你控制不住自己的好奇心，也許可以偷偷跑去打開看看。當然，我沒有跟蹤他們，也沒有打開過箱子，一切都是無意中發現的。哦，我這趟旅行時間會久一些，有許多挑戰等着我，別擔心，在心裏為我加油吧！

拆信貓握着字條，讀了一遍又一遍，爬上窗台，凝視着暮色中的大山，看得入神。

山坡上的楓樹林隱沒在暮色裏，彷彿失去了紅色。

爬進紙盒睡覺時，拆信貓又發現那張紙，它鋪在盒子的底部，看起來像一張糟糕透了的牀單。雪白的紙上堆砌着奇怪的線條和符號，沒有一個字。除了旅行兔自己，大概沒有誰能看懂。

「又這樣！真是一隻倔強的兔子。這是你的旅行計劃嗎？我又看不懂。」拆信貓把這張紙揑起來，放到紙盒外面，手一鬆，紙飄落在地板上。

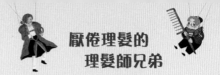

　　她現在滿腦子都在糾結：要不要到木屋東邊的灌木叢走一趟。

　　去吧，去看看大箱子在不在那兒。

　　別去了，就算大箱子在那兒，也不可以打開看，那是人家的東西。

　　折騰了好久，拆信貓才慢慢睡着。

　　風帶着陣陣涼意，從原野吹來，秋天的顏色在秋風裏越變越濃。

　　樹木開始落葉，小草停止了生長。

　　河邊的紫薇樹上，最後一朵花緩緩凋落，漂浮在河面，隨着流水遠去。

　　而留在休養院的卡察兄弟依舊每天為客人們理髮。他們不慌不忙地工作，還不慌不忙地講故事。那些都是很簡單卻很有趣的故事，例如《狼來了》、《小紅帽》、《阿里巴巴與四十大盜》……

　　他們愛講，客人們愛聽，田大廚卻聽不下去了。他背着手、挺着肚子在休養院大門口踱來踱去，眉毛擰成兩條粗大的蚯蚓。

下午茶時間，拆信貓托着雪白的盤子來到休養院，田大廚連忙攔住她。

香噴噴的梔子花餅乾整整齊齊地放在雪白的盤子裏，中間還擺着一串風乾的粉紅色滿天星。

「吃吧，想吃幾塊就吃幾塊，今天烤了很多。」拆信貓把盤子舉起來，一直舉過頭頂。

田大廚伸出雙手，一手拿起一塊餅乾，卻不忙着吃。

「你說奇怪不奇怪。」他蹲下來，把心裏的疑惑告訴拆信貓，「卡察兄弟不是小孩子了，怎麼老是喜歡講小孩子的故事呢？」

拆信貓歪着腦袋想了想，說：「媽媽不是小孩子了，但她們總是喜歡講小孩子的故事，因為小孩子愛聽啊！」

「可是，休養院的客人們也都不是小孩子了，怎麼都喜歡聽小孩子喜歡聽的故事呢？」田大廚接着問。

拆信貓說：「因為休養院的客人們有的老了，有的病了，有的遇到了難處，他們都變得像

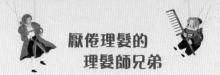

小孩子一樣脆弱，一樣需要呵護和疼愛了。」

　　田大廚叉着腰深吸一口氣，慢慢呼出來，把手上的兩塊餅乾塞進嘴巴，點點頭，似乎明白了什麼。

　　雪白的盤子被卡卡抱在胸前，粉紅色的滿天星被察察戴了在綠色的頭髮上。

　　兄弟倆盤着腿面對面坐在牀上，享受着悠閒的下午茶時光。

　　拆信貓安靜地蹲在門口，眼神在卡察兄弟和牀底下那封巨大的信之間跳來跳去。

　　「你蹲那麼遠幹嗎？快到牀上來，跟我們一起吃餅乾。嗯……你烤的餅乾太棒了！快來快來！」察察拍了拍身邊的位置。

　　「她看起來有些呆。」卡卡呃呃嘴。

　　「表情雖然呆，不過姿勢很不錯。」察察笑起來，抹抹嘴唇說，「這個姿勢使身體線條非常美，像個優雅的貴婦人。」

　　「人家可沒那麼老。」拆信貓站起來，晃了晃腦袋，鼓起勇氣問，「牀底下這封很大很大的

信，你們不打算拆開嗎？」

兄弟倆愣了愣，不說話。

「好吧，那就讓這封很大很大的信一直躺在
牀底下，直到發霉、褪色，然後一個字也看不
清。」拆信貓自言自語，搖了搖頭。

她剛要轉身走出門去，察察喊住了她。

「等一下。」察察從牀上跳下來，「其實我
每天都在鼓勵自己：拆吧，拆吧。如果不是卡卡
阻止我，我早就拆了……」

卡卡埋頭吃餅乾，不作聲。

「今天大家心情都不錯，那就拆吧。」察察
說完，瞪大眼睛看着卡卡。

卡卡沒有反對。

拆信貓嘴巴裏發出「咕嚕咕嚕」的聲音。天
啊，天啊，就要拆開這封很大很大，像一堵牆那
麼大的信了！拆信貓激動得渾身都顫抖了。

察察趴在地板上，把那封很大很大的信從牀
底下拖出來。

它已經沾了一層薄薄的灰塵。

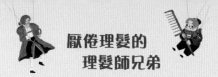

察察找來一塊乾淨的布，把灰塵抹去。

它看起來像一封剛剛送到的信，信封上的那些摺痕依然是新的，彷彿前一秒鐘才從長頸鹿先生的懷裏跑出來。

拆信貓一步步靠近這封巨大的信，手不由得捏住了嘴邊的鬍子。

她好擔心細小的鬍子劃不開長長的信封。

她屏住呼吸，然後深深吸了一口氣，粉紅的鼻頭貼近信紙嗅一下，嘴巴裏打出一連串呼嚕，咕嚕咕嚕地喊：「現在是拆信貓時間！」腦袋一歪，把身體裏所有的力氣匯聚到嘴邊最鋒利的那根鬍子上，用力劃開信封。

第十六章

一百句「想念」

　　這封很大很大的信，裏面整整齊齊放着一百個信封，每一個信封裏都裝着一張信紙，每一張信紙都寫着一句不同的話，筆跡不一樣，落款不一樣，卡察兄弟提起過的「黑豆爺爺」、「扇子大嬸」也都寫了。

　　這是一百個人寫給卡察兄弟的信。

　　「想念你們。」
　　「想念你們理髮的模樣。」
　　「想念你們的紅頭髮和綠頭髮。」
　　「想念你們的小眼睛和大眼睛。」

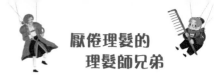

「想念你們的塌鼻頭和高鼻樑。」
「想念你們的綠衣服和紅衣服。」
「想念那洗髮露的氣味。」
「想念坐在你們店裏的時候，窗外
和煦的陽光。」

拆信貓拆完一封，讀一封；讀完一封，又拆一封。

卡卡坐在牀沿上，安靜地聽着，眉頭皺起來，頭慢慢低下去。

察察雙手交握着放在胸前，在窗前走來走去，一副感動不已的樣子。

一百句「想念」讀完，拆信貓累得趴在地板上不想動了。

卡卡仰面倒在牀上，陷入了沉思。

察察一會兒看看一言不發的卡卡，一會兒看看沉默的拆信貓，不時興奮地自言自語說「怎麼會這樣啊」、「太難以置信了」……

123

卡察兄弟不知道這些信原先是這樣的：

「你們真令人失望。」

「上次你們自作主張給我剃了個光頭，到現在頭髮都沒長到我希望的長度，想想就氣憤。」

「那次你們說店裏沒水了，沒法理髮。其實我知道你們在撒謊，真應該當面揭穿你們。」

「我明明要做蛋卷頭，你們不小心做了泡麵頭，請你們改一下，你們說忙着沒空。噢，想起來就好傷心。」

「你們曾經那麼敬業，大家都那麼喜歡你們，但是現在你們卻不辭而別，好遺憾啊！」

……

拆信貓能看到寫信人內心的善良與愛，看到寫信人心底最溫暖的想法，一百句「失望」、「氣憤」、「遺憾」統統變成了「想念」。

休息了一下，拆信貓站起來，抖了抖身子，坐下來把信一封封整理好。

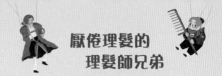
察察在她身旁蹲下。

「你知道嗎？這太出乎我們的意料了！」察察的大眼睛閃爍着淚光，「從收到這封信開始，我們就一直在猜想，他們會在信裏責罵我們，寫很多很多令我們難堪的話，可是沒有，他們⋯⋯他們竟然說想念我們⋯⋯一百封信，一百個想念⋯⋯簡直令我們無地自容。」

說到這兒，察察哽咽了。

牀上的卡卡翻了個身，發出輕微的抽鼻子聲音。

看到卡察兄弟被信的內容感動，拆信貓很高興，她張了張嘴巴，想說些什麼，可是感到身體軟綿綿的，一點力氣都沒有了。

一個很大很大的信封，再加上一百個小信封，用神奇的本領把它們拆開，使她體力和精神都嚴重透支了。

她只想快些把一百封信整理好，回木屋好好休息一下。

第二天，拆信貓在木屋裏睡了整整一天。

　　一百封信的真實內容，一遍遍在她腦海裏浮現。山南邊的人不明白為什麼卡察兄弟不再好好理髮，拆信貓就更不明白了。

　　難道這跟那兩個大箱子有關？

　　拆信貓沒有去木屋東邊的灌木叢裏找大箱子，更不會去打開它們。縱使她對大箱子的好奇心越來越強烈，但更多的是對卡察兄弟的理解和尊重。既然卡察兄弟十分重視箱子裏的東西，那麼箱子裏的東西一定很美好，和他們一起去守護這兩個大箱子，保護這份美好，不是更好嗎？

　　她相信他們。

　　轉眼又到星期天了。

　　長頸鹿先生帶着郵包從山南邊趕來，帶來了打聽到的消息。

　　卡察兄弟確實是非常出色的理髮師。他們開理髮店的時候，熱心又勤奮，理髮又快又好，每一位從理髮店走出來的顧客都會自豪地說，是卡察兄弟為我理的髮哦！但是，後來不知道為什麼，卡察兄弟慢慢變了，關了理髮店，躲在家裏

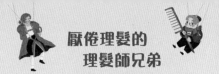
不幹活，把門關得緊緊的，不知道在做什麼，有時候還爭吵。鎮上的居民去找他們，他們就搬家，搬到哪兒都會有人去找他們理髮，所以他們只好再開店。

換了店面重新開始，他們卻不再好好理髮，有時還愚弄人。很快，顧客對他們有意見，被愚弄的顧客更要找他們算賬。

就這樣，他們逃到休養院。

「長頸鹿先生，謝謝你辛苦打聽消息。」拆信貓歎了口氣，「可是，誰也不知道卡察兄弟為什麼不好好理髮，難道他們不再喜歡理髮，或者是不再喜歡山南邊那些顧客嗎？」

「也許你可以當面問問卡察兄弟。」長頸鹿先生建議。

拆信貓猶豫了兩天，終於鼓起勇氣去找卡察兄弟。

在前往休養院的路上，拆信貓和兄弟倆遇上了。

「我們正要去找你。」察察把拆信貓抱起

129

來，輕輕撫摸着她光滑柔軟的脊背，「那天一下子拆那麼多信，累壞你了。對了，你的鬍子還好嗎？」

「鬍子還好，就是……心裏很鬱悶。」拆信貓抬起大臉看着察察，「我想知道……」

「你想知道我們的秘密。」察察接過話，大眼睛溫柔地注視着拆信貓，逐個字說出來，「我們正打算把一切都告訴你。」

兄弟倆帶着拆信貓來到木屋東邊的灌木叢。

兩個深棕色的大皮箱被拖了出來。

箱子打開的瞬間，拆信貓忽然感到一陣眩暈。箱子裏的東西是多麼繽紛奪目，令她眼花繚亂。

不是理髮工具，不是錢，更不是什麼稀世珍寶，箱子裏裝的全都是木偶。

整整兩大箱子的木偶，各種各樣的木偶、提線木偶！

第十七章

這是我們的秘密

　　夕陽從窗外照進來，風頑皮地掀起窗簾，在木屋裏跌跌撞撞。

　　爐子裏烤着餅乾，餐桌上的水果茶還冒着熱氣。

　　壁爐前的地板上鋪着乾淨的毯子，拆信貓和卡卡、察察圍坐在一起。

　　他們的面前是兩個打開的大箱子，裏面全是木偶。

　　「每個人都有夢想。小時候，我和卡卡都覺得當理髮師特別神氣，長大後，我們如願成為理髮師。我們用剪刀創造出一個又一個漂亮的髮

型，為人們帶來美好和快樂，這是多麼自豪的事情。我們曾經以為會一輩子當理髮師，很多顧客也說，一輩子請我們理髮。奇怪的是，我們又有新的想法。」察察抓了抓綠頭髮，看着拆信貓，「我們發現還有一些更有意思的事情可以去做，例如：園丁、廚師、修理工人、木匠、火車司機……總之我們覺得除了理髮，我們還應該再做些別的事情。」

「儘管如此，我們依然沒有放棄理髮，直到有一天……」卡卡接過話，「一個木偶戲的戲班來到鎮上，搭台表演木偶戲，我們被深深吸引了。」

「和理髮相比，演木偶戲是多麼有趣的事情。好玩的木偶，精彩的故事，富於變化的聲音，帶給人們的不單是歡笑，還有回味和啟迪。於是我們有了新的夢想——表演木偶戲。我們向着夢想不斷前進。」察察的眼睛裏閃爍着光芒。

「我們不再有心思理髮，覺得把所有時間和精力都用在理髮這件事情上，是巨大的浪費。」

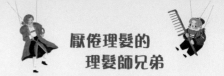

卡卡聳了聳肩膀。

「為了把顧客趕跑，我們故意把他們的髮型剪壞掉，想盡辦法愚弄他們……我們那樣做真是太過分了。」察察搖了搖頭，「得罪的人多了，山南邊就待不下去，只好逃到山北休養院。」

「沒想到他們寄來那麼大的一個信封，一百封信裏寫的全都是『想念』，這令我們羞愧不已。」卡卡說完，和察察對望一眼，沉默了。

拆信貓抬起大臉，默默地注視着兄弟倆。

過了一會兒，察察搓搓手，換了個輕鬆的語氣：「不說這些了，來看看我們的木偶吧。」

拆信貓挺了挺身子。

「那隻兔子很厲害，我是說和你在一起的那隻白兔。」察察一邊小心翻動箱子裏的木偶，一邊說，「還記得嗎？我和卡卡來到山北的第一天，那隻兔子就問：你們是馬戲團的嗎？箱子裏裝着演出用的道具嗎？哦，答案很接近呢。」

「他一向很聰明。」拆信貓有些自豪。

「我們也有一隻兔子。」察察從箱子裏拿起

一個木偶。

這是一隻灰兔子，彎腰駝背，褲管捲得高高的，肩膀上扛着鋤頭，是趕去田裏工作的樣子。

「哎呀，太陽都快出來啦，得趕緊去田裏耕種，希望今年的收成會好一些。」察察一邊學灰兔子說話，一邊提着線操控灰兔子。灰兔子甩着手臂邁開大步往前走，兩隻長長的耳朵隨着步伐的節奏一晃一晃。

「真好玩！」拆信貓站起來，站得筆直，瞪着大眼睛叫起來，「太有意思了！」

「這些木偶都是我們親手做的。」察察把灰兔子拿起來，小心地握在手上，「得先找到合適的材料，你看，為了做這隻灰兔子，我們把紙筒、瓶蓋、硬卡紙都用上，還得在上面畫圖，然後塗色，再把身體和四肢等分開，每部分都穿上線，再用釘扣連在一起，最後把線都綁在筷子上……很複雜。」

「我可以試試嗎？」拆信貓忍不住伸出手來。

察察把灰兔子木偶交給拆信貓。

　　拆信貓把綁着細線的筷子握在手上，提了提其中的一根線，灰兔子的一條腿動了動，提了提另一根線，灰兔子的頭擺了擺……可是，當她想要學着察察剛才那樣令灰兔子神氣活現地往前走，卻不知道該怎麼辦了。

　　「看起來簡單，其實真不容易啊！」拆信貓說。

　　「我們喜歡這樣的挑戰。」卡卡說，「我們做了好多好多木偶，排練了好多好多木偶戲，可惜……沒有人看過我們演出。」

　　「你們從來沒有為人們表演過嗎？」拆信貓感到疑惑。

　　「從來沒有。」察察說，「在山南邊，我們做木偶、排練木偶戲只能偷偷摸摸地進行，不能讓別人知道。」

　　「是的，這是我們的秘密。」卡卡說。

　　「為什麼不告訴大家呢？跟大家分享自己的夢想，不是一件很愉快的事情嗎？」拆信貓抬着

大臉，表情認真地說。

「愉快？」卡卡把手一攤，「理髮師跑去演木偶戲，會把他們嚇壞的！」

「沒錯。在山南邊，所有人都認為我們兄弟倆生來就是理髮師，就應該安守本分做理髮師，而且應該一輩子做理髮師，一輩子幫大家理髮。」察察越說越激動，「要是他們知道我們不再好好理髮，是因為愛上木偶戲，一定會沒完沒了地嘲笑我們。這個笑話夠他們談論一輩子，不是嗎？」

「他們不僅會嘲笑我們，還會指責我們，說我們偷懶，說我們貪玩，說我們不務正業，說我們不負責任。」卡卡說，「總之，他們接受不了我們的改變。」

「所以，我們只能守着這個秘密，在心裏，在無人的角落裏，悄悄地去接近我們的夢想。」察察看着拆信貓，大大的眼睛盛滿無奈和憂慮。

「這只是你們的猜想，事實上，人們的反應不會是這樣的。」拆信貓挺了挺身子，神情有些

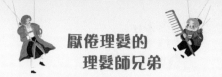

激動，「你們把夢想告訴大家，他們也許會感到
驚訝，但驚訝過後，他們會為你們感到高興的。
他們會說，我們的理髮師竟然會表演木偶戲，太
了不起了！」

　　卡察兄弟對望一眼，表情變得複雜。

　　拆信貓深吸一口氣，逐個字說道：「他們會
為你們感到驕傲。」

　　「真的嗎？」卡察兄弟壓低嗓門問。

　　「不信，你們可以試試啊。」拆信貓扭過
頭，透過玻璃窗看向南邊的山，「那是一羣多麼
善良的人啊，他們一定會理解你們、尊重你們、
鼓勵你們，甚至會比以前更熱愛你們。」

　　卡察兄弟也把頭轉過去，透過玻璃窗望向南
邊的山。

　　「你說得有道理。」察察慢吞吞地說，「那
一百句『想念』，足以表明這些人的善良和寬
容……」

　　爐子裏的餅乾烤好了，拆信貓把餅乾拿出
來，放在雪白的盤子裏。

水果茶有點涼，味道剛剛好。

他們三個圍坐在一起，默默地吃着餅乾，喝着水果茶，看最後一抹夕陽從南邊的山落下去。

138

第十八章

每個夢想都閃閃發光

「兩個大箱子裏，全都是木偶！」拆信貓揮舞着手臂興奮地比畫着，「有勤勞能幹的灰兔子、有氣宇軒昂的大公雞、有呆頭呆腦的大白鵝、有天真純潔的小綿羊、有張牙舞爪的大灰狼、有可愛的『小紅帽』、有善良的女巫、有美麗的白雪公主、有神秘的小王子、有勇敢的彼得·潘……」

拆信貓深吸一口氣，緩緩吐出來，接着說：「不止這些，還有太陽公公、月亮姑娘、森林伯伯、小溪弟弟、荷花妹妹……太多太多了！要是你們看到，一定會感到非常驚訝的！」

「快喝些水吧，說得嘴巴都乾了。」郝姐姐遞給拆信貓一杯水。

拆信貓「咕嘟咕嘟」把水喝完，抹抹嘴邊的鬍子，說：「都是提線木偶！製作的過程很複雜，讓木偶做出各種動作非常不容易。哦，卡察兄弟簡直是天才！他們是真正的木偶表演藝術家！」

「簡直令人難以置信。」龍醫生蹲下來，把拆信貓抱在懷裏，撫摸着她光滑漂亮的後背，「看來，夢想的力量是無窮的。」

「沒錯。」拆信貓睜大眼睛看着龍醫生帥氣的臉，「你沒看見，卡卡和察察談論起木偶，眼睛裏全是耀眼的光芒！」

「太好了！」郝姐姐跟着興奮起來，「為什麼不讓休養院的客人們欣賞卡卡和察察表演木偶戲呢？」

「你也這樣想？」拆信貓張大嘴巴問。

郝姐姐點點頭：「安排一場木偶戲演出，這是一件非常有意義的事情，無論是對卡察兄弟，

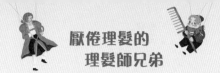

還是對其他客人。」

「我也是這樣想的。」龍醫生附和道。

「哇，太棒了！」拆信貓高興極了，「卡察兄弟一定會非常開心，休養院的客人們一定會非常快樂！」

很快，卡卡和察察知道了這個消息。

「真的嗎？真的為我們安排一場木偶戲演出嗎？」卡卡激動得滿臉通紅。

「我們真的可以為大家表演木偶戲嗎？」察察激動得眼珠子都快彈出來了。

拆信貓使勁點點頭說：「嗯嗯嗯……看你們啦！」

「終於有機會演出了……可是我們行嗎？」卡卡緊張起來，「萬一失敗了，大家會嘲笑我們的。」

「是啊，我們從來沒有演出過。」察察跟着緊張起來。

「要對自己有信心。」拆信貓說，「想一想，在山南邊的時候，你們第一次為客人們理

髮，是不是也很緊張？後來，一切都慢慢好起來，而且越來越好。所以，不要害怕第一次，只要夠真誠、勇敢，哪怕過程不完美，也是向成功邁出了一大步。」

卡卡和察察露出信心滿滿的微笑。

三天後，在休養院的院子裏，木偶戲隆重開場了。

卡察兄弟帶着他們的兩箱木偶閃亮登場，客人們報以期待和鼓勵的掌聲。

郝姐姐為他們主持，龍醫生用結他為他們伴奏，拆信貓和田大廚幫他們遞送道具。

第一個節目：狼來了。

卡卡提着放羊的小孩，察察提着一羣綿羊，故事在察察的敘述中開始了：

「從前，有一個放羊的小孩，每天都去山上放羊。一天，他覺得十分無聊，就想了個捉弄大家的主意。他向山下正在種田的農夫們大聲喊：『狼來了！狼來了！救命啊！』」

……

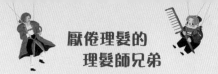

伴隨着動聽的故事，卡卡和察察拉動手上錯綜複雜的線，讓放羊的小孩和綿羊做出各種動作⋯⋯

緊接着，故事裏的「農夫」上場了，察察一邊講述故事，一邊負責控制農夫的動作，客人們都看呆了。

故事裏的「狼」最後出場，卡卡操控手上的線，把狼的兇狠、殘暴都表現出來。當狼闖進羊羣的時候，察察操控手上的線，把羊羣的驚恐、軟弱都表現出來。

所有人都被卡察兄弟的提線木偶戲深深吸引住了。

接着，卡察兄弟又為大家表演了好幾個故事，有《小紅帽》、《七色花》、《神筆馬良》、《阿里巴巴與四十大盜》⋯⋯

休養院的客人們把最熱烈的掌聲和喝彩聲送給他們。

「演出太精彩了！」

「原來我們的理髮師還會表演木偶戲，真是

多麼令人驚喜啊！」

「卡察兄弟太了
不起了！」

「他們是天才藝
術家！」

演出十分成功，卡察兄
弟站在舞台上，緊緊擁抱着

彼此，他們不停地笑，笑出了亮晶晶的眼淚。

　　他們走下舞台，擁抱拆信貓，擁抱田大廚，擁抱郝姐姐，擁抱龍醫生，擁抱每一個見證他們朝着夢想勇敢前進的人……

　　幾天後，卡察兄弟決定離開。

　　他們想要回到山南邊，向被他們愚弄過的顧客承認過錯，然後把心裏的夢想告訴所有人。

　　「我們不會放棄理髮。」察察告訴拆信貓，「我們想過了，理髮和我們的夢想並不矛盾，我們可以在學習和表演木偶戲之後的空餘時間，為大家理髮。」

　　「是啊。」卡卡露出難得的笑容，「能夠為大家理髮，是一件幸福的事情，為什麼要躲開呢？」

　　「表演木偶戲很難，要大家支持兩位理髮師去演木偶戲，這就更難，但我們一定會堅持下去的。」察察堅定地說。

　　「太容易做到的事情還能叫夢想嗎？」拆信貓用力打着加油的手勢，「你們要加油哦！」

　　拆信貓用旅行兔送給她的紅珊瑚做了一把剪刀，剩下的邊角材料做了一顆顆珊瑚珠。

　　離別的日子很快到了。

　　拆信貓把紅珊瑚剪刀送給卡察兄弟。

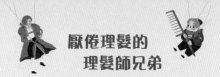

　　卡察兄弟提着大箱子，向着大山慢慢走去。

　　拆信貓獨自坐在山腳下，抬着大臉，默默地注視着一高一矮、一紅一綠的兩個單薄身影漸漸遠去。

　　楓葉已經到了最紅的時候，大山變得多麼絢麗，多麼溫柔。

　　「大山像個媽媽了！大山媽媽的紅腰帶好美好美！」拆信貓展開雙臂，和大山媽媽緊緊擁抱。

　　她身旁的大石頭上放着一個雪白的盤子，盤子裏鋪着一張紙，是旅行兔一次次鋪在她紙盒裏的那張紙。雪白的紙上堆砌着奇怪的線條和符號，沒有一個字。

　　拆信貓終於明白，這張不是什麼旅行計劃表，而是旅行兔的夢想藏寶圖，上面藏着旅行兔許許多多的夢想。

拆信貓拿出紅色的珊瑚珠，在每一個夢想那兒都放一顆。陽光下，每一顆珊瑚珠都熠熠生輝。

拆信貓奇妙事件簿 3
厭倦理髮的理髮師兄弟

作　　者：徐　玲
繪　　圖：高敏怡
責任編輯：楊明慧
美術設計：張思婷
出　　版：新雅文化事業有限公司
　　　　　香港英皇道 499 號北角工業大廈 18 樓
　　　　　電話：(852) 2138 7998
　　　　　傳真：(852) 2597 4003
　　　　　網址：http://www.sunya.com.hk
　　　　　電郵：marketing@sunya.com.hk
發　　行：香港聯合書刊物流有限公司
　　　　　香港荃灣德士古道 220-248 號荃灣工業中心 16 樓
　　　　　電話：(852) 2150 2100
　　　　　傳真：(852) 2407 3062
　　　　　電郵：info@suplogistics.com.hk
印　　刷：中華商務彩色印刷有限公司
　　　　　香港新界大埔汀麗路 36 號
版　　次：二〇二二年二月初版

ISBN: 978-962-08-7906-7
Text copyright © 2019 Xu Ling
Chief Editor: Wang Su
Graphic Designer: Gao Yu
Simplified Chinese edition copyright © 2019 by China Children's Press & Publication Group Co., Ltd.
Traditional Chinese edition copyright © 2022 Sun Ya Publications (HK) Ltd.
This edition arranged through China Children's Press & Publication Group Co., Ltd.
All rights reserved.

18/F, North Point Industrial Building, 499 King's Road, Hong Kong
Published in Hong Kong, China
Printed in China